目を閉じ、次に何をされるのかとビクつく唇にキスをする。
声も、漏らさなかった。

青《あお》いイルカ

火崎《ひざき》 勇《ゆう》

ILLUSTRATION
神成《かんなり》ネオ

CONTENTS

青いイルカ

青いイルカ

相手方の信号無視による出合い頭の衝突という事故だった。

細い路地から飛び出して来た相手の車と、その道へ曲がろうとしていた俺《おれ》の車と、どちらもスピードは殆《ほとん》ど出ていなかったにもかかわらず、俺の車だけが一方的に大破したのは、相手がドイツ車で、こっちがイタリア車だったからだ。

前々から、イタ車のシャーシは弱いとわかっていたが、ノーズが殆ど潰《つぶ》れた車を見た時、次はもう少し頑丈な車に乗り換えようと決意した。

最近は国産車でもいいのがあるし、見てくれより自分の身体《からだ》だ。

「骨折ですよ、樹《いつき》社長」

病院のベッドの横で秘書の今井《いまい》はタメ息をついた。

眼鏡をかけた柔和そうなこの男は、俺が社長に座る時に自ら選んだ秘書だから、信頼はしているが、その分彼は態度もデカい。

「言われなくてもわかってる。医者から懇切丁寧な説明を受けた」

「暫《しばら》くおとなしくして下されば治るそうです。出勤なさるのは無理かと思いますが、仕事はお休みになりますか？」

「何の冗談を言っている。今は休める時じゃないだろう」

「ではどうなさるんです。骨が癒着するまで最低一週間は絶対安静ですよ？　その後も入院でしょうし」

「身体を起こせるようになったらすぐ退院だ。出社が無理でも在宅でやるさ。どうしても立ち会わなければならないものは車椅子《いす》で出社する」

「仕事はそれでもよろしいでしょうが、生活はどうなさいます？　お一人でお住まいでしたよね？　病院なら風呂《ふろ》も食事もやってもらえるでしょうが、自宅でその足の社長が全《すべ》てできると？」

「何とかなる」

「何とかはなりませんよ。…この際ですから、メイドでも雇われたらいかがです？」

「俺に萌《も》えろってのか？　その趣味はない」

「…言い直しましょう。家政婦を入れてはいかがですか？」

「家に他人を置けるほど、人を信用はしていない」

「わかってます。ですが、それではご不自由でしょう？」

包帯を巻かれ、固定された足を見下ろされては反論もできない。

退院する頃《ころ》には全く動けないという訳ではないだろうが、今まで通りの生活というのは無理だろう。

「通いで、一日何時間かだけでも雑務をやってもらったらどうです？　あの町村《まちむら》くんのように」

「あれは処理係だ」

「でも人を通わせるという意味では同じことでしょう？」

「…わかった。それではお前に任せる。ただし、世話好きのばあさんはお断りだし、若くても仕事ができないものはいらないからな」

「わかりました。では退院までにその方向で手配させていただきます」

期待というのではなく、セオリーとして、そんなやりとりの後にやって来る者は女だとばかり思っていた。それも老練な年配女性だと。

だが、やって来たのは、想像とは全く違う人物だった。


「『テンダー』から参りました、ハウスキーパーの波間《はま》光希《みつき》です」

長いようで短かった入院生活を終え、車椅子に乗りながらも退院してきた当日の夜、俺のマンションを訪れたのは、まだ若い青年だった。

背は高からず低からず、中肉中背というやつで、顔立ちはおとなしそうで、眼鏡はかけていない。ハンサムというよりも、柔らかい顔といった印象だ。

「男が来るとは思わなかったな」

と言うと、彼は少し困ったように口元を動かした。

「力仕事も出来て、年配ではない者、ということでしたので私が参りましたが、ご不満なら変更なさいますか？」

穏やかな声。

まあ悪くないとは思うが…。

「年は幾つだ？」

「二十四になります」

もっと下かと思った。

「何が出来る？」

「何、とおっしゃいましても…。家事全般です。掃除、料理、洗濯、一応ホームヘルパー一級と介護福祉士の資格は持っています」

「その二つの違いがわからん」

「ホームヘルパーは認定資格で、自治体の認可ですが、介護福祉士は国家資格です。三年以上の実務経験も必要ですし、医療に関しても知識は豊富です。樹様からの御依頼は、怪我《けが》人の世話も入っていましたので、こういう資格がある者が来た方がいいと判断されました」

「三年以上の経験があるわけか」

「この仕事に就いてから六年になります」

「ということは、高校を卒業してから？」

「はい」

「大学へは？」

「行ってません。が、不都合なことは特にないかと。独学で簡単な英会話程度はできますし」

質問に澱《よど》みなく答えるところは好印象だ。

「俺は樹悦司《えつし》、樹でいい。ではコーヒーを淹《い》れてくれ。キッチンの説明はいるか？」

「いいえ。多分大丈夫だと思います。それでは少々お待ち下さい」

ウチのキッチンにはイタリア製のエスプレッソマシンが置いてある。食器棚には急ぎ用にインスタントのコーヒーもある。

『コーヒーを淹れろ』という一言で彼がどうするか、試したつもりだった。

マシンの使い方がわからなくて訊《き》きに来るなら、自分を過信しているが過ちに気づけば謙虚になるタイプ。訊きに来ず、失態を犯すのは論外。

マシンに気づかずインスタントを淹れてくれれば粗忽《そこつ》、気づいていながら楽なインスタントを選んだならサボリ癖があると見よう。

俺はリビングのソファに座ったまま、彼を待った。

ほどなく、彼は俺が一番頻繁に使っていたカップにコーヒーを淹れて運んで来た。ちゃんとマシンを使った、泡立ちの残るコーヒーを。

「マシンの使い方がわかったのか？」

「以前伺ったお宅に、似たような物がありましたので。ああいうマシンがあるなら、言って下さればよかったのに」

彼はにっこりと笑った。

ほう、笑うと随分可愛《かわい》らしく見えるな。

「どうしてこのカップを？」

「一番手前にありましたので、よくお使いになる物かと思ったんですが、違う方がよろしかったですか？」

「いや、これでいい」

一口含んだコーヒーは美味《うま》かった。

意外なことに、自分で淹れたものよりも。

これは当たりクジだったかも知れないな。

この青年は、確かにプロとしての仕事ができるのかも知れない。

そしてほっとした表情で浮かべた笑顔も、悪くない。

「波間、と言ったな。ここで働くなら、先に言っておくことがある」

「何でしょう？」

「俺は『ワイズマン』という会社の社長だが、今は事故でこの通りだ。だが仕事を休むわけにはいかないから、ここには会社関係の人間が出入りする。お前はここに誰《だれ》が来たか、何を話していたかに興味を持ってはいけない。来客がある時には言われなくても席を外せ」

「はい」

「契約の時間前に帰すこともあるが、その分の金は払ってやるからおとなしく従え」

「それはできません。早く終わるのでしたら、料金はその分だけで結構です」

「それではお前が困るだろう？」

「仕事ですから、当然です」

わきまえと遠慮は知っているというわけか。この態度がどこまで続くかわからないが、今は認めてやるべきだな。

「波間の方から質問はあるか？」

「幾つか」

「何だ？」

「お食事の好みと、立ち入り禁止の場所があれば教えていただきたいんですが」

「好き嫌いはない。立ち入り禁止の場所も特にはない。だが入るなと言われたら、何があっても守れ」

「電話には出るべきでしょうか？」

「そうだな。家の電話には出てもらって構わない。出られたくない電話は携帯に掛けるように周囲に言っておこう」

「ではそれだけです」

「給料や待遇、食事に関しての質問はないのか？」

「お給料は決められてます。食事は済ませてから来るつもりですが、お一人が寂しいようでしたら…」

「寂しいわけじゃないが、食ってる時に見られるのは好きじゃない。作るなら一緒に食えばいい」

「わかりました」

この年の男に、一人で食事をするのが寂しいかと訊くとはな。

「波間が今まで行ってたのは、年配の人間だったのか？」

「ご老人が多かったですが、若い方のお世話もしたことはあります」

俺の質問を不安によるものと思ったのか、彼はそう答えた。

老人相手が多かったのなら、彼の丁寧な言葉遣いや『寂しい』発言も頷《うなず》ける。

「プライベートな質問かも知れないが、親は何をしてる？」

ここでまた彼は少し困った顔を見せた。

「答えなければいけませんか？」

「動けない人間が家に他人を入れるんだ、身元を知りたいと思うのは当然だろう」

すると彼は少しだけ言いにくそうに、それでもきっぱりと言った。

「…親はいません。早くに亡くなりました」

「では今は親戚《しんせき》の家か？」

「いいえ。一人です」

「早くに亡くなったのならずっと一人だったということはないだろう」

「施設にいました。そこで高校までいかせてもらい、卒業してすぐに働きに出ました。この仕事は好きなので、関係する資格を取って、今は一人住まいです」

「そうか。まあよくある話だな」

「よくある、ですか？」

人が可哀想《かわいそう》という境遇をさらりと流したことに、不快を示すかと思ったが、彼は静かに笑った。

本心かどうかはわからないが、これは悪くない反応だ。

「今時は珍しいことじゃない。俺も親はいない。それを可哀想だとか大変と言われるのは嫌いだ。だからお前を可哀想とは言わない。もし言われたかったのだとしたら申し訳ないがな」

「いいえ。普通と言っていただけてとても嬉《うれ》しいです」

自分の生い立ちを不幸だとひけらかす人間は好きではなかった。不幸自慢ほど嫌気がさすものはない。だから彼の返事は好ましいものだった。

それに、彼が自分の過去を恥じたり、卑屈になったりしていないことも認めるべきだろう。

「お前は自分の状況を認識して、自活の道を見つけた。さっきの話だと、一つの仕事を六年も続けていたということでいいな？」

「はい」

「いいだろう、お前はまだ若いがしっかりしてるようだ。合鍵《あいかぎ》を渡してやるから、これからは勝手に入って来るといい」

「合鍵ですか？」

彼は意外、という声を上げた。

「足を怪我している俺に、お前が来る度、一々玄関までドアを開けに行けと？」

「いえ、そういう意味ではなく。…よろしいのですか？」

「一時の気の迷いで今の仕事を失うことの愚かさも知ってそうだな。お前に、合鍵を渡されると不都合なことがないなら、俺は構わない。何か不都合はあるか？」

「ありません」

「では、すぐに仕事にかかってくれ。入院中は掃除もしていなかったし、洗濯物も溜《た》まってる。やることは幾らでもあるぞ」

「はい」

仕事を命じられることが嬉しいのか、彼はまたにっこりと笑った。

「それでは、すぐにかからせて戴《いただ》きます」

一礼して立ち上がると、彼はすぐにキッチンへ向かった。

腰が軽いのも悪くない。

「波間か」

これで俺の生活に口を挟まなければ、今井にいい仕事をしたと褒めてやろう。

「さて、俺も働くか」

今の自分には、怪我が足程度なら休むわけにはいかない事情があったから。

俺が社長の椅子に座っている『ワイズマン』は古い体制の残るフードチェーン店だった。

料亭が支店を増やし、時代の変化に合わせてチェーン店に変え、店舗数を増やしてはいったが、経営は古臭く、俺に言わせれば、何故《なぜ》もっと早くテコ入れしなかったのか、と思うような会社だった。

俺は創業者一族である樹の家に生まれ育った…、わけではない。

正直、子供の頃には自分の父親が誰であるかも知らなかった。

それを知ったのは、母親が身体を壊して入院してからだ。

オフクロの友人が、かさむ入院費を払ってはくれないかと父親に連絡したのだ。

父親という男は頑《かたく》なな感じの老人で、当時高校生だった俺にこう言った。

「お前が儂《わし》の家へ入るなら、母親の面倒《めんどう》を見てやる。一流の大学へ行き、一流の息子になれ」

そこで俺は初めて、自分が婚外子だったことを知った。

オフクロと父親の間に何があったのか、誰も教えてはくれなかった。察することは出来たが、知りたいとも思わなかった。

何であれ、俺は取引として行きたくもない樹の家へ入り、足枷《あしかせ》を付けられた。

今まで一度も会ったこともない父親と、血の繋《つな》がらない義母《はは》。

彼等《かれら》が俺を迎えたのは二人の間に子供がいなかったためで、歓迎されていたわけではなかった。

樹の家の一人息子という肩書の下で、重圧と冷淡な空気の中、優秀であれという命令を遂行し、大学を卒業。

心の中では、オフクロが元気になったら、すぐにでもこんなとこ出て行ってやると思いながら過ごした日々。

だがオフクロが元気になるより先に、老齢だった樹の父親が倒れ、否応《いやおう》もなく俺は『ワイズマン』の社長に座らされた。

お飾りとして入ったつもりだったのだが、自分でも驚いたことに俺には社長としての才覚があった。

そして『ワイズマン』の経営の酷《ひど》さにも驚かされた。

まるで方程式のイコールで結ぶみたいに、結果として俺は会社を立て直し、業績をアップさせたわけだ。

その後で父親が亡くなり、オフクロが亡くなり…。

もういいだろうと家を出ようとした俺に、今度は義母が取引を持ちかけた。

「あなたが立派に社長を務めれば、あなたの母親の墓を建ててあげましょう。嫌なら無一文で出て行きなさい」

その頃には社長として稼いだ金があったから、義母の申し出は意味のないものだった。けれど一方では会社に対する愛着と興味も出ていた。

樹の家に反発があり、唯々諾々と跡継ぎに納まることをよしとはできなかった俺は、仕方なくという体裁を取り繕い彼女との取引を受け入れることにした。

樹の家とその財産の全ては義母に、会社の経営権の全ては俺に。

俺は樹の家を出てこのマンションで暮らし義母は一人で樹の家に残り、株主としての繋がりは残るが、もう何年も顔を合わせることもない。

これで全てのことが片付いたとなれば話は簡単だが、そうはいかなかった。

父親の息子は俺一人だが、親戚が一人もいなかったわけではない。もしも父親に何かがあればウチの子供を養子にと思っていた親戚連中は俺の登場にアテが外れてしまった。

更に、経営を立て直すために社内改革を行った結果、古株の重役達《たち》の役職や権限を奪ったり給料を下げたりもした。

何もしないで棚からボタ餅《もち》を狙《ねら》う連中に限って、それが手に入らないことを落胆し、原因を無理にでも見つけだして恨むもの。

連中にとって、突然現れた若造に自分の夢や安定した生活を奪われたということになるのだろう。

お陰で親類縁者と古株達は、虎視眈々《こしたんたん》と俺が失敗するのを待っているという状況だ。

今失敗すれば、社内の年寄りからリコールの声が上がり、親戚の中から対抗馬が立ち上がるだろう。

樹の家や金儲《かねもう》けはどうでもよかった。

社長の地位に固執するつもりもなかった。

だが現場で働いている者に対しては別だ。

バカ者共のために生活が脅かされるのはいつも下位の者。

自分がそこで生活していた俺には、彼等を何とかしてやりたいという気持ちが大きかった。

自分がここから離れても、誰かが上手《うま》くやってくれるならそれもいいだろう。だが周囲を隈無《くまな》く探し回っても、俺以上に会社を上手く経営できる者はいなかった。

「まさしくその通りです」

今井は今日の分の書類をデスクの上に積み上げながらタメ息をついた。

「昨日の会議など、聞かせてさしあげたいくらいでしたよ」

「聞かなくてもわかるさ。退院したなら何故会社に来ない、事故ったのは気がたるんでるからだ、最後にはやっぱり社長にするには若すぎたんじゃないか、だろう？」

「まあ大体そんなようなものです」

「本人がいないとすぐに陰口とは、中学生並の頭だな。いや中学生の方がまだ高邁《こうまい》な精神を持っていそうだ。連中、石田食品《いしだしょくひん》との契約は打ち切ったのか？」

石田食品は古くから取引のあった会社だが、納入する食品の質も均一ではないし、価格も高めなので切り替えのために契約を打ち切れと命じていたのだ。

だが今井は首を横に振って、こちらの意思が通らなかったことを示した。

「まだです。付き合いがあるからとか何とか言って、ずるずる引き延ばしてます」

「先月中に切れと言っただろう。今日はもう三日だぞ」

「チェックする社長がいないから、仕方ありません。彼等にしてみれば私など外様《とざま》ですからね。強くは出られません」

弱気な言葉に、俺は彼を睨《にら》みつけた。

「させろ」

「無理です。委任状でも出していただかないと、私は『たかが』秘書ですから」

「仕方ないな…」

「車椅子でもいいですから、会社に顔を出されたらどうです?」

「いや、行かん」

「どうしてです?」

「炙《あぶ》り出しの最中だからだ。俺がいない間に蠢《うごめ》く連中をチェックする」

「それも私がやるんですか?」

「いいや。それは営業の松川《まつかわ》にやらせてる。尻尾《しっぽ》を摑《つか》めたら昇進を考えてると言ったら二つ返事でOKした」

「松川ですか。彼も外様ですから、社内では動き辛《づら》いのでは?」

「あいつは女に受けがいいからな。女子社員ネットワークを上手く使ってるみたいだ」

「なるほど」

一番上のファイルを開き、系列店の営業成績に目を通す。

あまりいい状態とは言えなかった。

不況が世界を覆い、外食産業には厳しい時期だ。

「石田食品はすぐに切れ。今週中に結果が出なければ担当者に処分を下すと厳命しろ」

「後ろ盾は？」

「書面にサインしてやる。ここで作れ」

車椅子を引いてデスクを明け渡すと、彼は慌ててテーブルの上に載っていた焼き菓子を一つ摘《つま》んだ。

「ん、美味《おい》しいですね。どちらのです？」

「作った」

「社長が？」

「まさか、そんなわけないだろう。ハウスキーパーが作って来たものだ」

「ハウスキーパーというと、波間くんがですか？」

「ああ。今日で三日になるが、優秀なもんだ。家事全般はもちろん、その他の細かいところまで目が行き届いてる。一体どこで見つけて来たんだ？」

余程菓子が美味かったのか、今井はパソコンの前に移動せず、もう一つ手に取った。

釣られるように、俺も一つ口に含んだ。

外側がかりっとしたマドレーヌのようなその焼き菓子は、市販のものよりも甘みが抑えられ俺の口に合った。

「私もあんな若い青年だと思っていませんでした」

「どういうことだ？　知らないで手配したら偶然いいものを引き当てただけか？」

咎《とが》めたつもりではなかったが、疑問から語調が強くなり、今井は居住まいを正した。

「そういうわけではありません。ちゃんとした紹介者があってのことです。私の前の勤め先を覚えてらっしゃいますか？」

「覚えてるさ」

今井は、樹家に出入りしていた大手証券会社の営業だった。投資の話を持ちかけて来る時の分析の正確さが気に入って、俺が引っ張って来たのだ。覚えていないわけがない。

「前の会社の時の顧客の方には、金持ちの老人が多いですからね。その方々の中で信用のおける方に相談したんです。条件に合う人間はいないかと。そのお客様が、ご友人から最高だと聞かされていたのが『テンダー』という派遣会社の波間というハウスキーパーでした。とにかくご友人はベタ褒めだったとおっしゃるので、ではその人がいいだろうと」

「人任せか」

「そうはおっしゃいますが、紹介に入られたお二人はどちらも年齢を重ねたしっかりとした地位のある方なんですよ」

齢《とし》を重ねた、ということは老人か…、それで介護福祉士の資格を持っているんだな。

「その客は？　そんなに自慢していたなら、普通手放さないものだろう。問題でも起こしたんじゃないか？」

「違いますよ。実際最後に雇われていた方は先年亡くなられたそうです」

「死んだのか」

だとしたら、老人は死ぬものだとわかっているとはいえそれなりにショックだっただろう。

…波間はその雇い主に最後まで付いていたのではないだろうか？

ここへ来てからの波間の献身ぶりを思い返すと、その喪失感を埋めるために新しい雇い主に尽くしているると考えるのが自然だと思えるほどだから。

「何にせよ、お気に召していただけたようですね」

今井はやっと菓子から離れ、デスクに向かった。

「ああ、気に入った」

「人を家に入れるのはお嫌だとおっしゃってたのに」

「波間は別だ。あれは…、プロだな」

カチャカチャと鳴り始めたキーボードの音を聞きながら、俺はここ数日の波間のことを思った。

俺が他人を家に置きたくない理由は、樹の本宅にいたせいだった。

とても広い屋敷だったのに、あそこでは他人が同じ屋根の下にいることが、煩《わずら》わしいと感じるほどだった。

樹の両親に監視されているような気分だったというのもあるし、あそこの家政婦が、波間とは全く違うタイプだったからだ。

波間は、タイミングを読むのがとても上手かった。こちらが何かをしていると、声をかけてくることはないし、用事を済ませる音も小さくさせる。だが、こちらが暇を持て余していると、自然に声をかけて来たり、気配を漂わせるのだ。

けれど、樹の家の家政婦は、がさつというほどではないが、いつも騒がしく、他人のしていることに首も口も突っ込み、雇われ人なのに上から目線でものを語る厚かましい中年女性だった。

彼女は家事をやらせるためじゃなく、義母の話し相手のために呼んでるんじゃないかと思うくらい、仕事をサボって義母と話し込んでもいた。

二人いた家政婦の二人ともがそうだった。

波間は違う。

彼は俺と話をしている時も、手は動いていた。彼が手を休めるのは、食事を一緒に取る時と俺が休めと命じた時だけだ。

俺は働かない人間は嫌いだった。人の生活に口を挟む人間も嫌いだし、他人の生活を監視する人間も嫌いだ。

だが波間は全てがその逆。気に入らないわけがなかった。

「書類、打ちましたけど文面はこれでよろしいですか?」

今井からプリントアウトした紙を受け取った俺は、チェックしてからそこにサインをした。

「いいだろう。文句を言われたらこれを出せ。それと、会議には映像で参加する。会議室に設備を整えておくように」

「それは書面には？」

「お前が動け、文句が出たら俺に電話で確認していいと言え」

「はい」

「これは置いていけるんだろう？」

テーブルの上に置かれた書類に目をやると、彼はどうぞと頷いた。

「明日来た時に引き取ります。さて、私はこれで会社に向かわせていただきますが、よろしいですか？」

「ああ。ではまた明日に」

部屋から出てゆく今井を、送ることはしなかった。それはきっと波間がするだろう。

今井の気配を察し、キッチンから出て来て、玄関先まで見送る。完全に彼が去り、扉が閉じると、茶の支度を片付けにこの部屋に現れるだろう。

頭の中でそんなシミュレートをしていると、ジャストのタイミングで現実にノックの音が響いた。

「お客様のお茶を下げに来ました」

ビンゴだ。

「入れ」

許可を出すと波間が部屋のドアを開けたが、彼はそこで足を止めた。

「どうした？」

「お仕事の書類が出ているようなので」

彼のこういうところが、わきまえがあるところだ。

枯れてしまった年寄りならいざ知らず、まだ若い波間なら、他人の生活に全く興味がないわけではないだろう。なのにこうして線引きしようとする。

「お前に見られて困るものはない。片付けてくれ」

「はい」

よく見ると、その横顔も派手《はで》ではないが端正で当たりのよさそうな顔だ。

「今井が、お前の作った菓子が美味いと褒めていたぞ」

「でしたらお土産にしてさしあげればよかったですね」

俺の方を見ていなくても、口元に笑みを浮かべて話しているのもいい。

「樹さんはどうでした？」

「甘くなくて美味かった。だがどうして手作りにしたんだ？　客用の菓子ならレシートを持ってくれば払ってやるのに」

「そういうのもいいですけど、樹さんなら外でいくらでも食べられるでしょう？　家にいるなら手作りというのもいいんじゃないかと思って」

「手作りの菓子なんぞ、十何年ぶりだな」

「お母様、お菓子を作られる方だったんですか？」

「亡くなった方はな」

「そうですか。もし思い出の味があれば努力してみますよ？」

亡くなった方、という言い方にも引っ掛かることはない。

「努力か」

「同じ味は作れません。食べたこともないですし」

「だろうな。俺には母親が二人いて、今の樹の母は養母になる」

ところから水を向けても、振り向きもせずカップを片し、テーブルを拭《ふ》いている。

「そうですか。お得ですね」

「お得？」

「二人もいて。普通は一人でしょう？」

「ろくでもない冷たい女でもか？　料理もしたことないんじゃないか？」

「私の母はカレーにカタクリ粉を入れるような人でしたから、料理をしない方がいい人というのもいると思いますよ。冷たい方であっても、家と食事を与えてくれたなら、最悪じゃないんじゃないですか？」

意外な答えだった。

もっと耳触りのいい答えを口にすると思ったのに。見た目より、波間はもっと芯《しん》の強い人間なのかも知れない。

「樹さんの分も片付けてよろしいですか？　それとももう一杯お飲みになりますか？」

「もう一杯飲もう。お前も付き合え」

「はい」

彼はもう遠慮もしなかった。

こちらが誘うことには素直に応《こた》えた。

謙虚なのもいいが、謙虚過ぎるのは考えものだと思っている自分には、その変化も歓迎すべきことだ。

何度も何度も誘うなんて、面倒じゃないか。さほど欲があるわけでもないのに。

彼は謙虚と厚かましさの、丁度いいところにいる。タイミングを計るのが上手いように、そういうさじ加減に気づくのも、彼は上手いわけだ。

テーブルの上を片付け、菓子の残りを持って波間が部屋を出て行くから、戻ってくるまでの間に自分も書類を片付ける。

報告書のチェックは明日までにすればいい。この、一風変わったところのある波間の話を聞くのは、仕事にもプラスになるだろう。

「そろそろ小腹が空《す》くんじゃないかと思って、チーズトーストも作って来ました。よかったらどうぞ」

「トーストは手が汚れる」

「おしぼり付きです」

「お前は、気が回るんだな」

「こういう仕事をしていれば、誰でもですよ。先のことを考えないと、自分の仕事が増えるだけです」

合理的な言葉なのだが、彼が微笑《ほほえ》みながら穏やかに言うと、カドがない。

「はい、どうぞ。コーヒーにミルクは？」

「いらん」

おしぼりはあると言ったが、食べやすいように小さくカットされたトーストにはフォークが付いていた。これなら手も汚れない。

フォークを使って一つ口に運ぶと、こんがり焼けたチーズが美味かった。

「気に入ったなら、今度朝食用にでも作り置きしましょうか？」

「いや、朝には濃すぎるだろう」

「朝食はお米がいい人なんですか？」

彼が来るのは十時過ぎ、昼と夜は一緒に食うが、朝は別。それでも彼はかならず前日に翌日の朝食を作って帰っていた。

おかげで食生活の充実はこの上ない。

「パン食でも米でもいいが、朝食はあまり摂《と》る気はないな」

「そんな、ダメですよ。朝食は一日のエネルギーの素《もと》なんですから。面倒なら食べやすいものを、胃にもたれるなら消化のいいものを作りますのでおっしゃってください」

波間と接するようになって、一つ気付いたことがある。

それがお節介ではなく的確であるなら、どうやら自分は世話を焼かれるのが嫌いではない、ということだ。

彼が甲斐甲斐《かいがい》しく働くのを見るのは悪くなかったし、色々言われるのもいやではなかった。

というのも、彼が煩《うるさ》くは言わず、引き際を心得ているからだった。

波間は空気を読むのが本当に上手い。

「波間はずっとこの仕事を続けるのか？」

「できれば」

「お前ほど気が回れば、こんな一時的な雇われではなく、もっと色々できるだろう」

「そうでしょうか？」

彼は誉《ほ》め言葉と取らなかったのか、少し寂しそうに見える顔で微笑んだ。

「世辞じゃないぞ」

と言っても、その表情は変わらない。

「この仕事が好きなんです。誰かに必要とされるのが。ですからなるべく長くこの仕事を続けていたいですね」

「サラリーマンは嫌いか」

「嫌いというか…、『人』の傍《そば》に居たいんです」

気にしてないとは言っていたが、親を早くに亡くした寂しさが、それを言わせるのかも知れないな。

「ああそうだ、波間。今日の夕方、来客がある。その時は奥の寝室に通してお前は近付かないように」

「はい。お客さまのお名前は伺っても？」

「町村だ」

「かしこまりました、町村様ですね。ではいらしたらすぐに奥へお通しします」

「ああ、頼んだ」

その後も、暫く彼との会話を楽しみ、お茶の時間を過ごした。

老人の相手が上手い人間は、話相手としてのスキルが高いのだろう。

俺は波間が気に入っていた。

だからこそ、町村が来る時に、彼を近付けたくなかった。

町村は、俺の金で繋がったセックスの相手だったから。

それをやましいとか、恥ずかしいと思う気持ちはなかった。

ただ、彼のような清純そうな青年が、それを知って、この楽しくなり始めたティータイムを失うのが嫌なだけだった。

だが、俺は少し彼を見誤っていたのかも知れない。

「彼、面白《おもしろ》いね」

町村が三度目にこの部屋を訪れ、コトを始める前にそう言った時、俺には町村の言う『彼』が誰のことだかわからなかった。

町村と波間は、俺にとって全く異質の人間だと思っていたから。

「今井のことか？」

だからそう訊いたのだが、町村はゆっくりと首を振った。

「違うよ、あの家政夫さん」

「波間？」

「波間さんって言うんだ？」

「会話したのか」

「うん」

町村はしなを作りながら、車椅子に座ったままの俺の足元に座った。

太ももに手を置き、すっと撫《な》でるようにしながら股間《こかん》に触れてくる。

「俺がこの間終わってからシャワー借りたでしょう？　そうしたら、お茶とか出してくれてさ。普通の客と間違えてるんだな、と思ったんだ」

「お前のこういうところは見てないからな、当然だろう」

「そうじゃないみたい。彼、わかってたみたいだよ」

「まさか。…お前、自分で言ったのか？」

「言うわけないじゃない。こんなこと、説明してまわる趣味はないよ」

股間に触れた手がファスナーを下ろし、中から俺のモノを取り出す。

この足ではまだ『抱いてやる』ことができないから、もっぱら奉仕させるだけだが、それでも仕事も遊びもできずにいるフラストレーションの解消にはなった。

女性的な顔立ちの町村が、用意していた温かいタオルでそれを拭き、モノに指を搦《から》めて口づける。

微妙な舌使いを駆使しながら俺を高めてゆく。

「ま、他人の家でシャワー浴びてれば想像はつくだろうけどね」

それはそうかも知れない。だが町村が前回帰った後も波間の態度は全く変わらなかった。あの純情そうな男が、こういう関係を見て見ぬふりができるのか？

いや、恋人だと思われていれば、できるかも知れないな。

「ん…」

懸命にフェラチオをしている町村の顔を見下ろしながら、その考えに失笑した。

町村に、人としての魅力を感じたことはなかった。

彼は見目もいいし、テクニックもある。

後腐れもなく、割り切ってるところも気に入っているが、それは商売人としてだけのこと。

彼と、恋愛をするつもりなどなかった。

こんな男と俺が恋人だと思い込むのは、波間が男性同士の関係イコール恋愛という考え方しかもてないからだろう。

「対面座位で入れます？　それなら足に負担かからないでしょう」

町村が平気な顔でそんなことを訊いてくるヤツと知ったら、きっと目を丸くするだろう。

「自分で解《ほぐ》せるならな。乗っていいぞ」

「してるのを見るのが好き？」

「嫌いじゃないが、今は面倒なだけさ」

「面倒なら俺を呼ばなきゃいいのに」

「欲望は別腹だ」

「だったら俺の欲望も満たしてよ。新しい靴とカバンが欲しいんだけど」

「買い物に行けるようになったら、考えてやるよ。カードだけ渡すわけにはいかないからな」

「じゃ、フェラガモね」

「お前ごときに似合うか」

「ちぇっ」

文句を言いながらも、彼は俺のモノを十分勃起《ぼっき》させ、立ち上がるとためらうことなく下を脱ぎ捨てた。

下着も取って、剝《む》き出しになった下半身を自らの指で準備させる。

慣れたその様子は、事務的であまりそそられなかった。

もしこれが波間だったら…。

服を脱ぐことすら恥じらって、戸惑いながらするだろう。その様を想像した方が、目の前の町村より萌えた。

ここに彼を呼び出して、この姿を見せたらどんな反応をするだろう。

イタズラ心が生まれるが、実際にはやらなかった。

一時の遊び心で有能なハウスキーパーを失うのはいただけない。

一頻《ひとしき》り町村を使って自分の欲望を捌《は》かせた後、俺は彼に面白いから波間にコーヒーでももらって飲んでゆけと命じた。

「いいの？　家政夫さんと親しくしても」

「恋人だなんてバカなことを言い出さなきゃな」

「お金もらって相手してるっていうのは言っていいんだ」

「グロテスクな表現をしなければ許す。その代わり、波間がどんな反応を見せたかは報告しろ」

「悪い人。あんなに真面目《まじめ》そうな彼をからかいのネタにするなんて」

「さっさとシャワーでも使って来い」

「はい、はい」

自分も風呂を使いたかったが、町村と一緒に風呂に入る気はないので、タオルで汚れたところを拭《ぬぐ》っておいた。後で波間に風呂に入れてもらうから、その程度でもいい。

足を怪我してから、当然風呂は波間に入れてもらっていた。まだ包帯が残る足を濡《ぬ》らさぬようビニールの袋を巻いて、シャワーを浴びるだけだが。

今までは、それが煩わしくて嫌だった。いい年をした男が他人の手を借りて入浴するなんて、と。

だがものは考えようだ。

波間が手ずから自分を洗ってくれると考えれば、多少の色気も感じるだろう。

もっとも、職業的に慣れている彼は恥じらいもためらいも見せることはないから、あくまで己の頭の中で色っぽく変換しなければならないのだが。

「手近な人間で楽しみを探すのは、そろそろ退屈して来たということかな」

俺は車椅子から降りて、デスクの椅子に座った。

そこには今井の持って来た書類が置いてある。

手に取ることはしなかった。届けられた時に嫌というほどチェックしたから。

各支店の月間業績報告と、俺が会社に顔を出さない間の重役連中の動向。

中に、幾つか気になる事項が入っていた。

それは昔からの年寄りが、何人か不穏な行動をしているというもので、未《いま》だに付き合いだけは古い取引先からリベートをもらっているらしい、特に業績のいい支店に個別に何度か足を運んでいる、という内容だった。

リベートのことは想定内だったが、支店に足を運ぶ理由がわからない。

バカな年寄りが面倒なことを企てているとしたら、一度締め上げないと。

リベートを受け取ってる証拠は簡単に摑めるだろう。支店のことは気掛かりだが、ぐずぐずせずにクビを切るべきかな。

「樹さん」

ノックの音と共に、ドアの外から声がかかる。

「入れ」

と命じたのは、ノックをするような礼儀を心得てるのは波間の方だとわかっていたからだ。

「失礼します。町村さんがお帰りになるそうです」

ドアが開き、波間が顔を覗《のぞ》かせる。だが入って来ようとはしなかった。

「帰る？」

「お家の方から緊急のご連絡があったとかで。もうお出になりました」

「挨拶《あいさつ》なしでか」

「とても急いだご様子でしたので、私が安請け合いして、説明しておくからお戻りになるよう促したんです」

　気が付いている、か。

　いつもなら近づいて傍らで会話する波間が部屋に入って来ないのは、ここで町村と俺が何をしていたか、知っているからだろうか。

「何か言い残したことがあるようでしたら、後でご連絡なさっては？」

　細かいところで、彼が気遣いをしているのはわかっていたが、こんなことにまで、なのだろうか。

「町村から聞いたんだが、波間は彼がここに何をしに来てたか、わかってるんだって？」

　反応はあった。

　部屋の中を覗くようにしていた彼の視線が外れ、頬《ほお》を染めたのだ。

「プライベートなことには口を挟まないようにしています」

　本当に気づいていたのか。

「いいだろう。では俺も風呂に入ってさっぱりしたい。手を貸してくれ」

　だが、『世話をする』ということには恥じらいはないらしい。

「はい」

　と短く返事をしただけで、すぐに部屋の中に入って来た。

　デスクの椅子に移っていた俺に手を貸し、身体を密着させても、様子に変わりはない。

　恥じらう姿も、事務的な姿も兼ね備え、尚且《なおか》つ優秀な彼にとても興味があった。

優秀である、ということよりも、純情なんだか冷静なんだか、今一つ掴みきれない、彼自身に。

「もうそろそろ、会社に出ることにしたから。お前との契約内容を決め直したい」

だからまだ、彼を手放したくなかった。

「風呂から出たら、その話をしよう」

「はい」

もう少し、彼を知ってみたかった。


興味がある、と言っても、まず自分にとっての一番は仕事だ。

波間のことは所詮《しょせん》プライベートでの遊びに過ぎない。

杖《つえ》をついて歩けるようになったので、重役達の不穏な動きのこともあり、俺は長い在宅仕事を止《や》め、出社し始めた。

死んだ父親の無駄な金遣いを表すような、まだ新しいビルの最上階の社長室。

中身はとてつもなく広く、豪華で、こんなところでは落ち着いて仕事などできないだろうという場所だった。

なので、俺がここを使うようになってからは、その一角を完全に仕切った個室にし、その他の部分を単なる応接室にしている。

その個室で、俺は秘書の今井と、内偵に使っていた営業の松川から報告を受けていた。

「出社してからずっとだんまりだった社長が、今日は午後イチで重役会議を開くとおっしゃったんで、年寄り連中はみんな慌ててるみたいですよ」

面白そうな顔でそう言ったのは松川だ。

彼は営業部の中で、まだ若く、役職にも就いていないが、意欲だけはあった。

俺が就任すると、すぐに『こういう企画はどうでしょう』と向こうから近づいて来たのだ。

企画はイマイチだったが、その意欲を買って、目をかけることにした人間だ。

「動きはどうだ？」

「専務の高山《たかやま》さんはいい感じですね。真面目に仕事してます。でも古川《ふるかわ》、渡辺《わたなべ》の二人はアヤシイですよ」

「どうアヤシイ？」

「朝、出社はしてるんですが、午後にはいっつもどこかに姿を消してます。どこに行ってるのか、知ってる人間はいないようです」

「二人は結託してると思うか？」

「モチロン。年寄りがたった一人で暗躍はできないですからね。女子高生みたいにオトモダチと一緒、ですよ」

「想像だけでものを言うな。証拠がないとどうにもならんのだぞ」

わかってます、というように、彼はスーツのポケットから紙を取り出した。

「何だ？」

「連中がここんとこよく行く料亭の領収書です。仲居に聞いたんですけど、若いやり手ふうのサラリーマンが接待してたらしいですよ。ええ、若い方が会計してるらしいです。来るのは大体木曜の夜。ってことで、そこの店の領収書と、仲居に買ってやったブランド物のハンドバッグの領収書です。落としていただけますよね？」

領収書には店の住所も記載されていた。都心の一等地にある高級料亭で、俺も名前を知っている。書かれた金額も安い金額ではなかった。

バッグの方は思っていたよりも安く済んでいる。

これなら妥当だろう。

「今井、出してやれ」

経理に出すと相手に悟られる可能性があるから、仕方ないがポケットマネーだな。

「引き続き調べてくれ。金はいくらでもとは言わんが、出し惜しみはしないからな。出来れば接待相手の正体が知りたい」

「努力します」

「上手く連中の尻尾《しっぽ》が摑めたら、昇進させてやろう」

「昇進より、異動がいいですね。俺、企画に行きたいんです」

「考えておこう。もう下がっていいぞ」

「では」

一礼して松川が出て行くと、俺は今井を呼び、彼が立っていた場所に立たせた。

「上手くやれると思うか？」

「探偵気取りですが、女性相手に探りを入れるには気性も顔もいいのでは？」

「相手は石田食品じゃないと？」

以前から古株達が縁を切りたがらない要注意の社名を出したが、彼は首を振った。

「違うでしょう。石田食品が相手なら、長い付き合いです。担当者もそれなりに年齢がいってるはずです」

「新しく年寄りにくっついて何をさせる気なんだ？」

「わかりませんが、まだ権限は少し残ってますから。それと…」

今井は少し口ごもった。

言ってみろ、と目で促すと嫌なことを口にした。

「年寄り連中も我が社の株はもっています。そういったことを懸念されるのであれば、一度樹の奥様に相談なさって、確約をお取りになった方が…」

今井は元々樹の家に出入りしていた人間だから、俺と樹の義母の関係には薄々感づいていた。彼を秘書にした時に、俺からも義母の話は好まないということも言っていた。

だから口ごもったのだろう。

そして彼が遠慮した通り、俺はその一言で不快感を露《あらわ》にした。

「樹の家のことはいい。あの女が他所《よそ》へ株を売るほどのバカなら、そこまでの話だ」

「しかし社長」

「その話はいい。もし気になるなら、お前が勝手に動け。だが俺の名前は絶対に口にするなよ」

「…はい」

逆鱗《げきりん》に触れる、という言葉がある。

龍《りゅう》の顎《あご》には一枚だけ逆さに生えた鱗《うろこ》があって、それに触れると龍は怒りに捉《とら》われるという意味だ。

俺にとっての逆鱗は、樹の家だった。

平素は考える必要もないことだと忘れているが、それが話題に出ると、不快だった当時のことを思い出すのだ。

樹の家に引き取られた時、あの女が亡くなった母に向けて放った罵詈雑言《ばりぞうごん》は、思い出したくもない。

「重役連があの女に接触を計ったという事実でも出れば考える。それまでは放《ほう》っておけ」

「はい」

怒ったままではガキのようだと思って、軽いフォローを入れて話題を打ち切った。

すると今井は、俺の機嫌を損ねたと思ったのだろう、慌てて別の話題を振ってきた。

「そういえば、社長が会社へいらしたということは、例のハウスキーパーはクビにしたんですか？」

「いや、波間はこのまま使う」

「他人を家に入れるのはお嫌だとおっしゃってたのに」

「あれはプロだ。気配を読むのが上手いから、邪魔にならん」

それを紹介したのは自分です、という得意げな顔で、彼は大きく頷いた。

「それはよかった。随分と人気のあるハウスキーパーだったようですから、短期では紹介者にも申し訳ないと思っていたところです」

「では安心しておけ。当分あいつは手放さないことに決めてる」

「わかりました」

この会話が俺の機嫌を取るためだとわかっているのに、それに乗ってしまうのは少しシャクだったが、仕方がない。あれは本当に気に入った人間だったから。

「午後の重役会議では、頭痛のタネだった石田食品との契約打ち切りを宣言する。内々で営業の担当者を呼んでおけ」

「わかりました」

この会話もこちらから打ち切り、俺は頭を仕事一色に切り替えた。

この忌ま忌ましい会社を健全に経営するために。

「忌ま忌ましい、か…」

それは、自分がかつて嫌になるほど向けられていた言葉だった。

「ドロボウ猫とはよく言ったものだわ。本当に忌ま忌ましいったらありゃしない」

俺が初めて樹の家に引き取られた時、義母が俺のいないところで、父親と言い合いをしているのを聞いたことがあった。

「あてつけがましいことをおっしゃらなくても子供の面倒はみましょう。でも愛するとは思わないで下さいな。私はあの子供が憎いのですから」

金持ちの夫人らしい、もの言いだった。

自分のことを話しているのではなかったら、気の強い女だと思う程度だったろう。

だが当事者として『憎い』と言われて、彼女の気性を認める気にはなれなかった。

俺と義母との関係はゼロだった。

同じ屋敷に暮らしながら、ほとんど顔を合わせることもなかった。

会話も交わさない。

家政婦が、俺達が会わないよう画策していたせいもあるだろうし、お互い接触しないのが一番だと思っていたからだろう。

最後に会ったのは、俺が会社を継ぐ書類にサインをする時、弁護士らと共に同席していた姿だった。

最後のセリフはたった一言。

「これでいいでしょう」

だけだった。

何がいいのか。

俺が会社を手に入れて満足だと言いたかったのか、俺ともう会うことがないことを喜んだのか。

樹の家の財産を全て手に入れ、会社経営に煩わされることなく筆頭株主として、今はたった一人で悠々自適の生活だろう。

樹の家に入ったから、俺は大学まで食うに困ることなく生活できたし、周囲から羨《うらや》まれる日々を送ることができた。

それはそれとして認めているが、過去は思い出したいことではなかった。

あの女に頼ることは絶対にしたくない。

だが、嫌な感じだった。

重役会議で、石田食品との契約打ち切りを持ち出した時、反対勢力だと睨んでいた古川、渡辺の二人が沈黙していたのだ。

彼等はむっすりとはしていたが、異議を唱えることはなかった。

二人が抱えている秘密は、石田食品に関与がないということだろう。

そうなると、今のところ心当たりがないだけに不安の種が残る。彼等が多少の株式を保持しているとはいえ、そんなものは微々たるものだ。二人合わせても、脅威にはなり得ない。

その後も、彼等は表面上真面目に働いていた。今まで以上に熱心に、と言ってもいい。

密偵の松川は、絶対に彼等をアヤシイと言うし、自分もあの二人が俺が社長に就任することに反対したのを覚えている。

だが、証拠がなかった。

「株の価格にも異常はナシ、金銭の使い込みもナシ、か」

マンションの部屋で資料を広げ、俺はタメ息をついた。

喉《のど》に引っ掛かった魚の小骨のように、そこに『ある』とわかっているのに取ることができなくてイライラする。

連中が柔順に自分の下に入るとは思えない。なのに何故何もしないのか。

「樹さん」

ノックの音と共にドアの外から波間の声が響く。

「町村さんがおいでです」

「町村？　今日は呼んでないぞ」

「お話があるそうです」

「話？」

杖を持って立ち上がり、ドアを開ける。

「ご案内してよろしいですか？」

「…ああ」

「ではすぐに」

一礼して波間が去ると、すぐに入れ替わりに町村がやって来た。

「町村？」

いつもは、ファッション雑誌のモデルのような格好で決めている彼の今日のいで立ちは、長かった髪を短くし、グレイのスーツ。まるでこれから就職の面接でも受けるのかと思うようなリクルートスタイルだった。

「どういうプレイだ？」

と言うと彼は苦笑した。

「そういうんじゃないですよ」

「…入れ」

自室に入って、ベッドに腰を下ろす。

町村は中には入って来たが、ドアを後ろ手に閉め、その場から動かなかった。

「今日はしに来たんじゃないんです」

「何だ」

「別れの挨拶ってヤツです」

「別れの？」

俺とお前はそんな関係ではないだろう、という目で見ると、彼はまた歪《ゆが》んだ笑みを浮かべた。

「田舎に帰るんです。親が倒れて…」

「それは…」

彼から『親』という言葉を聞くのは違和感があった。

ふわふわと生きてるような、今時の若者だったのに。

「この間ここへ来た時、父親が倒れたって妹から電話が入って。それで一度実家に戻ったんですが、看病疲れで母親も…」

「両親、揃《そろ》ってたのか」

「妹もね。で、入院費なんかで金もかかるし、向こうへ戻って仕事みつけようと思って」

町村は顔を上げ、俺を見て笑った。

「この間さ、靴とカバン買ってって言ったけど、あれ現金にしてくれないかな。今までそれなりにサービスしてきたでしょう？」

「田舎ってどこなんだ。戻ったからってアテはあるのか？」

現金の持ち合わせはあまりなかったが、壁にかけてあったジャケットから財布を取り出し、中身を全て封筒に入れた。

「群馬《ぐんま》。何か、役所に届けを出すと、少しは補助が下りるらしいよ。それと、介護保険認定が下りれば退院してからヘルパーが頼めるらしいし」

「よく調べたな」

「波間さんが教えてくれたんだ」

「波間が？」

封筒を差し出すと、彼は中身を確かめることなくスーツの内ポケットにしまった。

「ありがとう。…あの人、色々資格持ってるから、何か困ったことがあったら相談してくれって言ってくれてさ。ここのとこ、何度か相談してたんだ」

そんなこと、聞いていなかった。

いや、町村にしろ、波間にしろ、そんなことを俺に相談する必要はないのだが。

「…本当は、田舎に帰るかどうか、悩んでたんだ。っていうか、帰りたくなかった」

町村は言うべきことを言って気が抜けたのか、愚痴モードに入ったのか、肩の力を抜いてドアに寄りかかった。

「だから、波間さんに相談した時、何とか帰らないで済む方法がないかと思って、帰らなくてもいいんじゃないって言ってくれないかって思ってたんだ」

「波間は真面目だから、子供は親の面倒をみろとか言われたんだろう」

俺はまたベッドに座り、暫く付き合ってやることにした。

彼の言う通り、今までそれなりの付き合いをしてきた者への餞《はなむけ》として。

「って言うか、自分が後悔しない方法を選んだ方がいいって言われた。このまま俺が東京に残って、家族が苦しんで、そのツケが出た時、どうして俺は帰らなかったんだろうって後悔するなら、戻ってギリギリまでやった方がすっきりするんじゃないかって。俺はやるだけのことはやった、だからもうやれないって逃げる方が、何にもやらなかったから家に戻れないってよりいいんじゃないかって。その通りだよね。ここで戻らなかったら、俺、二度と家には戻れないだろうな。で、二度と家に戻らない覚悟ってものは、持ち合わせていないんだ。東京の生活にも、疲れてたし」

自嘲《じちょう》ぎみにまた笑う。

彼の見せる笑顔は泣きたいのを堪《こら》えている顔だ。

やらなければいけないことはわかっている。でも自分で答えは出せなかった。

波間に背中を押されて、やっと動き出せたってことか。

「町村はまだ若い。いきなり両親の面倒をみるのは大変だろう」

「まあね。戻れない理由の一つは、定職に就いてないから、だったんだけど。それも波間さんが上手くやってくれたし」

「あいつが？」

「会社の同僚ってことで、親に電話してくれたんだ」

「お前がヘルパー？」

「寂しい老人の話し相手だったって」

俺を見て、今度は本当に笑顔を見せる。

「俺は寂しい老人か。あいつも存外いい加減だな」

その一言で空気がふっと和らいだ。

「向こうで仕事が見つからなかったら、そっち系のところに紹介状書いてくれるって。でも暫くは家のことだけで手一杯だろうね。…樹さん」

彼は背中を起こし、近づいて手を差し出した。

「ありがとう。いい目を見させてもらって、楽しかった」

彼を好きだったわけではない、彼も俺に惚《ほ》れていたわけではない。

だから、その握手一つで、全てが終わりだった。

「気を付けてな」

「群馬に支店を出す時には声かけてね。接客は上手いもんでしょ？」

「ああ」

ドアを開け、出て行くから、珍しく玄関まで見送りに出た。

見送っても、特別にかけてやる言葉があるわけではないが、そうしてやるのが礼儀に思えて。

「あれ、もうお帰りになったんですか？」

ドアの閉まる音を聞き付けて、波間が顔を出す。

「今お茶を淹れてたんですけど」

「いい。俺が飲む。付き合え」

波間は、杖をついている俺の隣にするっと入って来ると、腕を絡めて来た。

杖を握っている方の腕を取り、その杖を取り上げるから、自分を支えに使えというだけのことなのだろうが、寄り添った彼の身体から微《かす》かに香るシャンプーか何かの香りが、別の意味を持っているような気にさせた。

「町村は田舎へ帰るそうだ」

杖を渡し、その手を握る。

「…そうですか」

慌てた様子もなく、彼はその手を握り返した。

「知っていたんだろう？」

「知っていた、というか…。相談はされていましたから」

波間と町村が、自分を抜きにして語っていた。

その事実が妙に苛《いら》ついた。

こいつは俺が雇った人間だ。町村も、俺が金を払って呼んでいた人間だ。なのに、その二人が自分を疎外するなんて。

「町村が俺の相手をしていたことは気づいてたんだろう？」

歩みを止め、彼を壁際に囲うように空いていた手を壁につく。

「…奥で何をなさっていたかは、薄々察してました」

「あいつは俺のセックスフレンドだった。欲望の捌け口だ」

わざと野卑な言い方で説明もしたが、波間は顔色も変えなかった。

「お前、町村が実家へ戻るように説得したそうだな」

「はい。それが一番いいことだと思いましたから」

「お陰で俺は相手を失った。立場上、後腐れなく、妊娠の心配もない、割り切った相手を探すのは大変だっていうのに」

疎外感と、会社でのハッキリとしない造反への苛立ち。

きっとそれが理由だったと思う。

「お前の責任だ」

「そんな…」

困惑した波間の顔が、派手ではないが綺麗《きれい》な顔だと思ったのもそうだろう。

「あいつを東京に残しても、家のことを援助してやる方法だってあった。なのにお前がここを離れ、俺から離れることをそそのかしたんだ」

この苛立ちを、こいつにぶつけたい。彼を困らせてやりたい。

そんな子供じみた気持ちが起こったのは。

「責任をとって、お前が代わりをやるか？」

「樹さん」

壁についていた手で顎を取る。

「波間、今度俺の相手をしろ」

彼は動揺を見せなかった。

「嫌です」

という返事も、当然だと思った。

だが、それに続く言葉は、意外だった。

「恋人なら、…なりたいと思いますが。金銭で身体を売買はしません。絶対に」

きっぱりとした物言いだった。

だが…。

「恋人なら、なってもいいのか？」

「私一人と約束なさるなら、構いません」

「お前は、俺が好きなのか？」

ジョークだと思った。

こちらがからかったから、それに対する仕返しのようなものだと。

けれど彼はほんの少し頬を染め、目を逸《そ》らした。

「好きか嫌いかと問われるなら、…『好き』です」

「何時《いつ》から？」

「あなたが私を可哀想ではないと言った時からです」

「それじゃ、最初からじゃないか」

表情は平静を取り繕っていたが、その耳は真っ赤だった。

「でも樹さんと町村さんのような関係は考えたことはありません」

「今言われて、考えたか？」

「…私は、自分が他人とそういう関係になるのなら、金銭は絶対に介在させたくないというだけです。恋人ならば、そうなるのは必然でしょう？　ただそれだけです」

恥じらいを秘めているにもかかわらず、その口調は妙に事務的だった。

それ故、不思議に禁欲的な香りがして、そそられた。

柔順で、真面目で、仕事熱心で、自分とは正反対の位置にいる人間だと思っていた波間が、自分に好意を抱き、それを隠そうとしている。

いや、実際はたった今告白をしたのだが、それを何事もなかったかのように振る舞おうとしている。

悪くない気分だった。

「もうよろしいでしょう？　リビングにお茶の用意ができてますから、そちらで…」

「恋人なら、俺に抱かれるか？」

どこまで、本気だ？

「樹さん」

ひょっとして、最初から全てが芝居だったのかも知れない。見かけは純情そうに見えるが、中身は最初から俺をたらしこむつもりだったのかも。

そのために町村を田舎へ追い返したのかも知れない。

そういうしたたかな人間かも知れない。

だが、たとえそうだったとしても、俺は自分に自信があった。

波間が張り巡らした策謀の上をいける自信が、彼を愉《たの》しみながら溺《おぼ》れずにいる自信が。

「恋人にしてやろう。お前が側《そば》にいて、俺に抱かれる限り、俺は他《ほか》のヤツには手は出さない。金で買うこともしない。波間が本気なら、俺も本気でお前一人を愛してやる」

他愛《たわい》のない言葉遊びだ。

たとえこう言っても、それが実行されるかどうかわかりはしない。お前はこの飾りのような言葉にどう反応する？

「…どなたか、昔の恋人に似てらっしゃるんですか？」

「誰が？　お前が？　残念だが、俺は恋人など作ったことはない」

「好きだった方に似ているとか」

「いいや。ここで、俺の世話をしている波間に申し出てる。もちろん、お前の『好き』がそこまでのものでないなら、強引にはしないさ。それでは強姦《ごうかん》になる。パワーハラスメントか？　そんな状態で抱いても仕方がない」

「本当に、私を相手にするんですか？」

「ああ」

俺の腕を取っていた彼の手がじわりと熱くなった。

逸らされていた視線が戻り、正面から目が合う。

「それなら…、いいです」

愛《いと》しい、ではなかった。

「あなたの恋人になら、なります」

その返事を聞いた自分の心の中にあったのは、『面白い』という感想だけだった。

だがその『面白い』が、何にも勝った。

「じゃあ、リビングに行くのは止めだ。俺の部屋へ来い。恋人として抱いてやる」

見かけと言動が全くチグハグな波間の正体を知りたいという興味だけが、俺をその気にさせていた。


恋人にしてくれるなら寝てもいいと言うからには、経験も豊富なのだろうと思った。

自分は両親の関係や冷たい義母で女は懲り懲りだったし、学生時代、樹の家の跡取りの子供を作って家に入り込みたいという欲でギラギラした女達に辟易《へきえき》していたので、そういう問題から逃れるように男に手を出していた。だが、通常の人間が同性愛に踏み切ることは珍しいし、生来男色家の人間は、性的にルーズな者が多いという話も聞いている。

だから、簡単に俺と寝られるなら、彼もまた過去に同じようなことをした経験があるのだろうと思っていた。

だが、俺に手を貸して共に部屋へ入り、俺をベッドに座らせた後、彼は服も脱がずに突っ立ったままだった。

「脱がされるのが好きなのか？」

と訊くと、無表情だった彼の顔がさっと真っ赤に染まる。

「…どうすればいいんですか」

と言った時も、相手の好みに合わせようとしているだけかと思った。

「さっさと済ませたいなら自分で服を脱げばいいし、脱がして欲しいなら隣に座ってくれ。俺は足がまだ自由にならないからな」

「…はい」

だが、顔の赤みが少しも取れないまま傍らに座った波間の肩が震えているのを見て、初めて彼がこういうことに慣れていないのだと悟った。

「男と寝た経験は？」

「…ありません」

「女は？」

「…言わなくちゃだめですか？」

「知りたいな。『恋人のことだから』」

本心ではないが、望むだろうと思われる言葉で囁《ささや》く。

すると波間は俯《うつむ》き、蚊の鳴くような声で「一人だけ」と答えた。

「恋人？」

「いいえ…。年上の女性に…」

「手ほどきを受けたってことか」

返事はなかった。

ウブな芝居をしているのではない。本当に慣れていないのだ。

それが証拠に、肩に腕を回して引き寄せた彼の身体はがちがちだった。

彼は、本気で俺が好きで、身体を差し出してもいいと思っている。

「あの…。もしからかってるんでしたら、もっと慣れた方を…」

「お前がいいと言っただろう？　黙って、力を抜いて横たわってればいい。最後まではしないから」

理想的な恋人。

初々しく、柔順で、純粋。

端正な顔立ちの細くしなやかな身体。

後で面倒なことになるかも知れないという考えもちらりと過《よぎ》ったが、それならそれでもいい。問題が起こってから対処すればいいだけのことだ。

今は、目の前に差し出された供物を堪能《たんのう》したかった。

軽く力を入れて身体を押すと、ゆっくりとベッドに倒れる身体。

飾り気のないシャツを捲《めく》り、素肌に触れるとピクリと身体が震える。

目を閉じ、次に何をされるのかとビクつく唇にキスをする。

声も、漏らさなかった。

舌でゆっくりとこじ開けるまで、キスに応えることも知らなかった。

女と寝たと言ったが、それもどれだけ前のことなのか、どこまでしたことなのか。

町村を相手にした欲求を捌かすだけの行為とは違う。胸の中に、ゾクゾクするような期待感が生まれる。

彼が、どんなふうに自分に応えるか、どう反応させるか。征服者のような傲慢《ごうまん》さで、手を伸ばす。

「あ…」

最初に漏れた声は、甘かった。

その声を恥じてか、波間が自分で自分の手を軽く噛《か》む。

俺はそれを止めなかった。

可愛いじゃないか。

自分が今まで面倒のない人間ばかりを選んで来たせいかも知れないが、装っているのではない、本当の恥じらいなど、目にしたことはなかった。

新鮮で、更にそそられる。

シャツを大きく捲りあげ、露になった胸に舌を這《は》わせると、再び声が漏れた。

「ん…」

自分の与える愛撫《あいぶ》が、彼を切なくさせていると思うと、もっと苛《いじ》めてやりたくなった。

不自由な足では彼の身体の上に乗り上げることができないから、寄り添ったまま横たわる身体を撫でる。

手を股間に伸ばしそっと撫でると、彼の震えが手に伝わる。

それでも、彼は『止めてくれ』とは言わなかった。

それどころか、一言も発することなく行為に耐えていた。

苦痛ではないことは、手の下にある彼の性器の反応でわかる。

硬くなり、頭をもたげ、当たり前の反応を示しているのだから。

ファスナーを下ろし、ソレを下着から引き出すと、また声が漏れた。

「あ」

短く、『つい』出てしまったというようなその声。

男としての征服欲。

もっと声を上げさせたい、感じさせたい。俺が彼を翻弄《ほんろう》する、その快感に酔いたい。

町村の時は、彼に奉仕をさせる方だった。

自分から彼を悦《よろこ》ばせようとはしなかった。

だが波間の無垢《むく》さに、この手で彼を汚してやりたくなった。

手で握った性器を口に含む。

「や…、だめ…っ！」

ここで初めて、彼は言葉を発した。

「樹さん…っ！」

それが楽しい。

「いいから、おとなしくしてろ」

「でも…っ」

指を絡め、扱《しご》き上げ、先端を舐《な》める。

「や…」

一々反応する声が、嬉しかった。

自分の性欲を満たすというのではなく、彼を味わうという感じ。

「樹さ…」

細い指が、目の前でシーツを握った。

爪《つめ》が布に食い込み、皺《しわ》を作ってゆく。

指は直角に曲がり、それでも耐えられなくて反ってゆく。

「私も…、何か…」

「何もしなくていい。もっと声を上げろ。感じてるなら、感じたままにな」

「そんな…」

すっかり硬くなった彼のモノが、熱を帯びる。

それを弄《もてあそ》び、露出している肌のいたるところに啄《ついば》むような口づけを贈る。

肌は、男にしては柔らかく、さっき抱き寄せた時と同じ甘い香りがした。してみると、あれは髪の匂《にお》いではなくボディシャンプーか、コロンの香りだったか。

どっちにしろ、波間の香りだ。

彼が身悶《みもだ》えるから、腰骨が顔に当たる。

それに気づいて、震えながら動きを止める。

こんなところまで、波間は健気《けなげ》だった。

そうだ、彼の『健気さ』がそそるのだ。

今、彼の全てを自分の指が、舌が操っているのだと思うと、それだけで快感だった。

自分の欲望を叶《かな》えることは上手く行かなかったが、彼を堪能するだけで十分だった。

とはいえ、なまめかしい波間の姿態を前に、身体の方は触れられていなくても勝手にその気になっていた。

「や…っ、あ…」

「波間」

シーツを握っていた彼の手を握り、やんわりと離させる。

「俺のに触れろ」

「あ…」

「俺がするようにすればいい」

「は…い」

腕だけで這い上がり、彼と顔を揃える。

快感と羞恥《しゅうち》に耐える波間の表情を見ながら、彼のモノへの愛撫を続行する。

波間は震える指で俺の股間に触れ、まだファスナーが閉じていることに戸惑ったような視線を向けた。

お前が自分でやれ、と目で促すと、様子を窺《うかが》うようにゆっくりファスナーを下ろした。

ぎこちないその動きに、いけないことをさせているという満足感でまたゾクゾクする。

ただ握るだけの愛撫はお世辞にも上手いとは言えなかったが、そのヘタさが却《かえ》って快感だった。

「波間」

名前を呼び、キスをする。

潤む彼の瞳《ひとみ》が縋《すが》るように俺を見る。

「だ…め…。もう…」

泣きそうな声で懇願され、嗜虐心《しぎゃくしん》が煽《あお》られる。

「このまま放て。汚していいから」

自分のモノと彼のモノを擦《こす》り合わせ、彼の手ごと握り、強く擦る。

「あ…ぁ…っ！」

それだけで、彼は震え、達してしまった。

手のひらに感じる濡れた感触。

恥じ入ってまた赤く染まる頬。

少し遅れて自分も彼の下半身を汚すように射精する。

満足だった。

これはいい拾い物をしたと思えるほど、この簡単なセックスで、満足した。

「いい子だ」

彼の目尻《めじり》から零《こぼ》れた一筋の涙を見て愛しいと思ってしまうほど、俺はこの新しい恋人に、満足していた。

今まで付き合ったことのある女も男も、最初は柔順だった。

だが暫くして俺の懐具合を知ると、大抵はその金にたかるようになった。

町村のように最初から割り切ってねだる者はまだ可愛げがある。

だが殆どは、自分は何も欲しいとは思わないけれど、もし余裕があったら自分にもその分け前をくれてもいいんじゃないか、という顔を見せるのだ。

そして初めは確かに清廉な人物であったはずの者さえ、与えられ続けるとそれが当然だと思うようになり、感謝もなく、してくれて当然という態度に変わる。

変化にかかる時間の長さに差こそあれ、ほぼ全員が同じ道を辿《たど》った。

だが、今度だけは少し違ったようだ。

恋人にして欲しいと言い出したのだから、もうヘルパーの仕事はしたくない。もっと別の待遇をしろと言うと思っていたのだが、彼はコトが終わった後ですら、顔を真っ赤にしながらも、『仕事ですから』と自分で全ての後始末をした。

そしてその後も、仕事は仕事として何の文句もなく、今までと変わらず続けていた。

何かを買ってやろうかとこちらが言い出しても、その言葉だけで嬉しいが欲しいものがないと断る。

どこかへ連れて行こうかと言えば、出掛けたいのでなければ家で一緒に過ごしたいと言う。

自分も、元々派手に遊び歩きたいタイプではなかったようで、そう言われるとその方がよかった。

学生時代に家を空けていたのは、あの家にいたくないからというだけだったのかも。

波間は、とても穏やかだった。

彼と過ごす時間も、穏やかだった。

決められた時間までそれぞれ仕事をし、それが終わった後に改めて恋人としての時間を始める。

その主導権も俺にあり、『残れ』と言わない限り彼は黙って帰ってゆく。

真面目ではあるが、仕事時間内に俺がちょっかいを出しても、文句を言うこともない。

空気を読むのが上手いのと通じるものがあるのか、そこはやんわりと受け入れた。

オンとオフの使い分けがきっちりしていながらも柔軟。

身の回りの世話はプロだから、煩わしいような真似《まね》はしない。こちらの仕事のことには口を出さない。

絵に描《か》いたような完璧《かんぺき》な相手だった。

「メイドに萌えは感じないとおっしゃってませんでしたか?」

今井に波間との新しい関係を話すと、彼は鼻に皺を寄せてそう言った。

「波間はメイドじゃない。男だし、ハウスキーパーだ」

閉ざされた社長室。本当は内々の仕事の話をするために呼んだのだが、体調を聞く秘書についい語ってしまう。

「どちらでも一緒ですよ、私は怪我で動けないあなたの身の回りの世話を頼んだのであって、イタズラ心に応えて下の世話をして欲しかったわけではありません」

彼らしからぬ下卑《げび》た言い方は、今井が本気で機嫌を悪くした証拠だろう。

だからこちらも応戦した。

「下世話な言い方をするな。性欲処理の相手じゃない。波間とは『恋人』なんだ」

「恋人?」

信じられるわけがない、というように語尾が上がる。

「あいつは時間いっぱい、真面目に働いてる。俺とプライベートな関係になるのは仕事が終わってからだ。その辺は仕事中に社のパソコンでゲームをやってるような連中とは違う。あくまで、恋愛は個人の問題さ」

「本気でおっしゃってるんですか?」

「これが意外と本気なんだ」

俺が笑って答えると、彼の鼻の皺は一層深くなった。

「お前には正直に言うが、ベッドへ誘った時には真面目に恋愛をするつもりはなかった。向こうにもそんな気はないだろうと思っていた。だが今は違う」

「それを信じろと?」

「別にお前に信じてもらわなくてもいいが、それが証拠に未だに最後までできない」

「はあ？」

「経験がないらしいからな。もう少し時間をかけてからにする。だが何をしても反応が新鮮でいい」

「…どうでもいいですよ。あなたの下半身の生活を聞きたいわけではありませんから。そんなことより、本人は絶対嫌がってないんでしょうね？」

「俺がそんな面倒なことをすると思うか？　向こうが恋人にしてくれと言い出したんだ。なんでそんなに心配する？」

「紹介者がいるからです。変なことになったら私の顔が潰れるからですよ」

「恋愛のことなんか、一々報告しなければいいだろう。プライベートなんだから」

「そうですが…」

波間を紹介した人間というのは、余程上得意の客だったのだろう。

彼はまだぶつぶつと文句を言っていたが、やっと鉾《ほこ》を収めた。

「まあ、社長の体調管理もちゃんとされているようですし、ここのところいい顔をなさってるみたいですから」

「そう見えるか」

「ええ。御機嫌に見えますよ」

「ふふん」

機嫌は確かによかった。それが波間のせいだということも認めよう。

今まで、仕事中は別として誰かが側にいて気持ちが休まるなんてことはなかった。

傍らに人がいれば、いつもその視線や思惑に煩わされてばかりだった。

相手が何を考えて自分の側にいるのか、どんな反応を返してやれば問題を起こさずにすむのか。自分にとって他人は化学実験と一緒だ。つきっきりで変化を確認しなければならない面倒なものだった。

だが波間は違う。

彼は側にいても仕事時間内は自分の仕事に忠実で、最初からそうであったようにこちらにうるさく構ってくることはなかった。そして俺が何をしようと、その思惑を計らず、ありのままに受け取っていた。

コーヒーが濃いと言えば、怒っているのかとおびえるのではなく、それならば淹れ直しましょうと答える。

だからと言って察しが悪いわけでもない。恐らくそれは彼の仕事柄なのだろう。

人に意識されないでいるというのが、こんなに楽だとは思わなかった。

そして俺が彼に何かしてやると、表情を大きく崩すことはないが、仕草や顔色だけで全てわかってしまう。恥じらいも、不満も、喜びも。

何を考えているのかと探る必要もない。

格好などつける必要もない。

何せ彼には足が利かない時にトイレや風呂の世話もされていたのだから。

彼といて初めて、俺はありのままの自分を受け入れられる喜びを知った。

会社でのゴタゴタはまだ結果が出てはいないが、私生活での安らぎを手に入れた。

恋人という名で彼を手に入れたのは、特筆すべき成果だった。

「一応お前を安心させるために言っておくが、所詮は『ごっこ』かもしれないとしても、今俺は波間に夢中だよ」

本気で言ってやったのに、今井は黙って肩を竦《すく》めるだけだった。

「充実した私生活の話は結構ですが、渡辺達のことはどうします?」

話を本来の目的に戻すから、俺は浮かんでいた笑みを引っ込めた。

「何か松川から報告でもあったのか?」

「会っていた相手が領収書を切らなかったってことぐらいですね。それでも収穫ではありますよ。今時はどこの会社でも、接待経費ならば領収書を切らせます。ましてや松川の言う通り出て来た者が若いのならば」

「それなのに領収書を切らなかったということは、悪巧みだということか」

「車のナンバーもわかりましたが、警察ではないのでそんなものがわかってもねぇ」

「登録はどこだ?」

「品川《しながわ》です」

ということは、東京の会社、もしくは人間ということか。

「どうしてもわからんな。あいつ等に接近して何を欲してると思う？　奴等《やつ》が自由にできるものなど殆どないだろう」

「内部資料の閲覧も、先日完全に電子化したので閲覧してれば入力したコードが残りますしね」

「閲覧や持ち出しは？」

「今のところ確認されていません。目立った面は『真面目に仕事に精を出している』というだけですから、これでは…」

普通なら疑う理由にはならないことだが、今までの安穏とした態度からすると怪しさこの上ない。

樹の父親の作った会社の上に胡座《あぐら》をかいて利益を貪《むさぼ》るだけだった年寄りが、急に仕事熱心になるなんて、どう考えてもおかしいだろう？

若い者なら転職するために業績を上げるということも考えられるが、もう定年を過ぎ、名誉職のように居座っている老人達がどんな成果を上げ、どこへ行こうというのか。

「わからんな…」

せっかく悪くない気分だったのに、あっと言う間に台なしだ。

「波間くんに相談してみたらどうです？　老人の考えはお手のものかも知れませんよ」

「ばかなことを。あいつには絶対に仕事に口は出させせん」

「たまには他人の忠告を受けるのも悪くないかも知れませんよ」

今井の忠言を、俺は笑い飛ばした。

素人を仕事に絡ませるとロクなことが起こらない。

特に波間には、絶対にこちら側に足を踏み入れて欲しくはなかった。

彼は自分の安らぎだから。

安らぐだけの存在でよかったから。あれには小賢《こざか》しくなって欲しくはなかった。

「仕方ない。新しいチェーン店の資料を持って来い。連中のことだけ考えて仕事をしているわけではないんだからな」

「かしこまりました」

一礼して資料を取りに出て行く今井の後ろ姿を見送りながら、俺はタメ息をついた。

仕事上では、まだ暫く安らぐ日々など遠いことだと思いながら。


夜の七時。

夕食の片付けを終えると波間のビジネスタイムは終わる。

最後に彼がコーヒーを淹れる時、俺が『お前の分も淹れろ』と言えば彼は恋人として残るし、何も言わなければそのままハウスキーパーとして帰宅する。

「コーヒー、濃いめにしますか？」

「いや、薄くでいい。お前の分も持ってリビングへ来い」

今夜は、彼を恋人として手元に残すことにした。

初めて彼を誘った時の『面白い』という気持ちは、この数週間ですっかり変わり、今は心から彼を恋人として扱っていた。

波間を、愛しいと感じていた。

リビングのソファに座り、くつろいでいると、波間はすぐにミルクと砂糖を添えてコーヒーを持って来た。

「足、もうすっかりよくなりましたね」

「バッキリいったから、治りやすかったそうだ。とはいえ、まだ走ったりはできないがな」

「当たり前です」

叱《しか》るような口調は、ヘルパーのそれとは違う。そこがまた微笑ましい。

「そういえば、お前は早くに両親を亡くしたんだったな。苦労したのか？」

「どんな境遇の人でも苦労はします。樹さんもご苦労なさったんじゃないですか？」

「俺が？」

波間の言葉はいつもいい意味でこちらの期待を裏切る。

彼の苦労をねぎらってやるつもりで言ったのに、こちらを気遣われるとは。

しかも彼は俺の過去を知らないはずだから、大会社の社長の家に生まれた俺に、あなたも苦労したでしょうと言っているわけだ。

「どうしてそう思う?」

「どうしてって…、樹さんが人に何かを頼むのに慣れていらっしゃらないからです」

「コーヒーを淹れろとか、掃除しろとか、色々言ってるつもりだが?」

「それは命令でしょう? お願いして頼るということがないという意味です。ですから、人に頼ることのない自立した生活をなさってたんじゃないかと」

「何でも自分でやる人間は、誰にもやってもらえなかった人間ってことか」

その頭のよさを褒めたつもりだったが、彼はすまなさそうに視線を下げた。

「必ずしもそうとは限りません。ですから苦労なさったんじゃないか、と疑問形で聞いたんです」

「怒ったわけじゃない。洞察力があると言ってるんだ。確かに、苦労はした。だが、それはお前が思ってるのとは少し違う」

「私が思ってるのとは?」

「お前は、俺が金持ちの家に生まれ、周囲に期待されて…、とか考えているんだろう? だが実際はそうじゃない。俺は愛人の子供で、親が亡くなってから実父だった先代の社長に引き取られたんだ。だから、境遇としてはお前と大差ない」

聞き上手な波間を相手にしていると、俺は今まで他人に話したことがないような事も口にした。

「樹の家のご両親とは上手くいかなかったんですか？」

「上手くいくとかいかないじゃないな。あれは他人だ。お前は色々な家を覗いて来たからわかるだろうが、円満で美しい家族なんてそういるもんじゃない。だから俺は自分を惨めだとも不幸だとも思わない。お前が両親を早くに亡くしても、憐《あわ》れだと思わないように、それは単なる状況だ」

あまり喋《しゃべ》る方ではないはずなのに、彼といると口を開くのは俺の方が多かった。

「だがその状況がよかったとは言えないな」

いい年をして高い地位についた男が、愚痴や泣き言を言うわけにはいかない。だからこんな話をする相手などいなかった。

ヘタに話して痛くもない腹を探られたりするのも嫌だった。

「樹の正妻、つまり今の戸籍上の母親は俺を憎んでいた。当然だとは思うが、当事者としては受け入れがたい。互いが選んだ一番いい選択肢は相手を無視することだった」

「それは…、寂しいですね」

「寂しい？」

「自分の近くにいる人に、自分を見てもらえないのは寂しいことです。少なくとも私はそう思います。冷たくされても、優しくされても、誰かの代わりでは辛い。まして無視されるなんて、とても寂しいことです」

「寂しいか…。考えたこともなかったな」

だが波間の性格もさることながら、彼はハウスキーパーとしてのプロだから、ここへ来て過去仕事に出向いた家の話をしないように、自分のことも誰にも言わないだろうという安心感があった。

「樹さんが寂しくなかったとしても、そう言って下さると私が側にいる理由ができて嬉しいです」

「寂しいからお前を側に置くんじゃない。お前が気に入ったからだ」

だから、つい本音を口にしてしまう。

「それは…、もっと嬉しいです」

本当に嬉しそうに頬を染める彼の細い肩を抱き、コーヒーをくゆらせ、静かな時間を過ごす。

身体だけを求めて相手を探していた頃には考えられなかった時間だ。

「俺は、金持ちが嫌いだ。自分が金を持っていながらそういうのはおかしいかも知れないが、金を持っているという傲慢さや、豊かさの上に胡座をかいて働こうともしない連中には反吐《へど》が出る。そしてその代表が、俺にとっては樹の母親なのかも知れない」

「お嫌いなんですか？」

「嫌いだ。もう会うこともないだろうがな。…俺のことよりお前の話をもっと聞かせろ。亡くなった両親はどんな人だった？」

「普通です。そして子供の頃は裕福ではありませんでした。伯父がいましたが、やはりあまり裕福ではなかったので、私を引き取ってはくれませんでした。だからずっと施設で育ちました」

「嫌な男か？」

彼はくすくすと小さく笑った。

「いいえ、面会日にはちゃんと会いに来てくれましたし、年末年始には家にも呼んでくれました。でも八人家族だったので」

「八人？　子供が六人もいたのか？」

「祖父母を引き取っていたんです。なので、伯父の家にいるより施設の方がましだろうと言われてそちらに。樹さんには想像できないでしょうが、その八人でアパート暮らしだったんです」

「…そいつは想像できんな。だが今はどうしている？」

「今は…」

彼は一瞬口ごもり、何故か困ったような笑みを浮かべた。

「今は、働いていますから一人暮らしです。伯父達は古いけれど大きな家を買ってそちらにいます」

耳触りのいい彼の声で語られる、ありきたりな話を、いつまでも聞いていたかった。

自分の過去のようなギスギスした感じのない彼の思い出は、金銭面ということではなく、自分とは違う世界だった。

金があることが幸福ではない、と子供の頃何度も思った。

その気持ちを呼び起こされる。

「今夜は泊まっていけ。週末だし、ゆっくりできるだろう？」

言葉の意味を察して、彼の頬がほんのりと染まる。

「はい」

波間が恥じらいがちにそう頷いた時、けたたましい携帯の着信音が部屋に響き渡った。

「ちょっと待ってろ」

舌打ちして服のポケットに入れていた携帯を取り出す。

「はい?」

相手は今井だった。

『社長、すぐいらしてください』

その声が、いつになく上ずっている。

ただならぬ雰囲気に、俺は抱いていた波間の肩を離した。

「どうした」

波間は邪魔にならぬようにと、「コーヒーを淹れ直してきます」と小さく言ってすっとソファから立ち上がった。

「何があった」

彼が離れたのを確認してからもう一度聞き返すと、今井は掠《かす》れた声で答えた。

『渡辺達の企《たくら》みが判明しました。というか、やられました』

「何をだ。はっきり言え」

『経営状態のいいチェーン店の五店舗を持って、同業他社へ移ったんです。今、松川から連絡がありました。納入業者の一部からも勝手に契約を打ち切られたと、ファックスで抗議が届いてます。とにかく、今すぐ会社に来てください』

チェーン店の引き抜き？　納入業者の打ち切り？

「お前は今どこにいる」

『会社へ向かっている途中です』

「わかった。先についたら書類を揃えて社長室へ持って来い。俺もすぐ出る」

『お待ちしてます』

俺は電話を切ると、すぐに部屋へ上着を取りに戻った。

「樹さん？」

騒ぎを聞き付けて、波間が顔を出す。

「会社で揉《も》めごとがあった。すぐに出なきゃならん。悪いが、戸締まりして今日は帰ってくれ」

「遅くなってもお待ちしますよ？」

「戻れないかも知れん」

振り向くと、彼は不安げな顔で俺を見ていたが、それ以上は食い下がらなかった。

たった今、不安げな顔を見せたくせに、まるでこちらを安心させるかのようにいつもの顔に戻る。

「わかりました。でも温かいコーヒーが飲みたくなったら、何時でも呼んでください」

と言って、静かに微笑みを浮かべるだけだった。

最悪、と言っていいだろう。

会社に出向いた俺を待っていた報告は、想像もしない内容だった。

年寄り二人は、真面目に仕事をし、足しげく系列の店へ顔を出し、店舗の契約を打ち切り、店の施設も、働いていた人間も全て『ワイズマン』から切り離していた。

元々、古くからある本店は別にしてチェーンの店は借地。そこを狙って借地契約を打ち切り、全てをそのままライバル社の店舗として契約させていたのだ。

ウチとしては、売上のいい店をいきなり五店舗失ったことになる。

中にはまだ資金の回収の終わっていない新しい店もあり、その分は赤字としてこちらに押し付けられていた。

しかも石田食品との契約打ち切りに合わせ、本来取引を打ち切るつもりのなかった会社にも、一方的な納品契約の解除が言い渡されていたのだ。

もちろんその会社の新しい納入先は、ライバル社だった。

間を繋いでいた配送トラックの会社が文句を言って来なければ、気づくのは週が明けてからになっていただろう。

「背任で訴えることはできないんですか？」

今井に言われるまでもなく、すぐに弁護士を呼んで調べさせた。

だが、店舗や借地の契約解除はあくまで向こうからの申し出ということになっていて、それを『我が社の重役』が承認しただけなのだ。

訴えれば、その矛先は渡辺達ではなく、店長や家主になってしまうだろう。

そいつ等から違約金を取れたとしても裁判が必要だし、渡辺達は無傷ということになってしまう。

「五店舗の損失はどれだけになる？」

「すぐに試算はできませんが、かなり大きくなると思います。それに、業務拡張の時に銀行から借り入れた借金がありますから、事を大きくすると銀行が…」

「仕入れは。契約を解除した納入業者の代わりは見つけられるのか？」

「今営業に当たらせています。ですが、割高になるでしょう」

「多少高くなってもいい。食材がなければ店が開けん。店が開けなければ収入もないんだぞ」

ただでさえ、不況によって外食産業には厳しい御時世だ。

一日店を閉めても、本社の都合であれば人件費はかかる。

「お二人の辞職願は、三日前に受理されていました」

「誰が受けた」

「人事部長です。体調不良が理由でしたし、社長には話を通してあるということだったので受け付けたと」

「だったら何故すぐに報告に来なかった！」

今井に当たってもも仕方がないとわかっていても、大声を出さずにはいられなかった。

バカ共が。

放漫経営だった父親が傾かせた会社など引き継ぎたくはなかった。倒れるなら倒れてしまえと思っていた。

それを、従業員のためと思ってここまで立て直してきたというのに。

飼い犬に手を噛まれるとはこのことだ。

「社長、高山専務が…」

古株の中で一番まともな重役は、渋面を作りながら淡々とした報告を上げた。

「店舗喪失による損益、新規納入業者との価格差、配送会社への違約金、契約を打ち切った五店舗の社員への退職金が主なマイナスです。借地の地主からは早期打ち切りの違約金の申し出がありましたが、微々たる…」

「ちょっと待て、退職金というのは何だ？」

「店長は個人契約でしたから、契約打ち切りの了承だけで済みましたが、本社から出向していた人間は勤め先を失ったわけですから、退職金が必要かと。…本社に戻しても、働く場所がありませんので」

イライラとしながらタバコに手を伸ばす。

今井が社内禁煙だと目で咎めたが、口では止めなかった。

「社長が新規立て直しの際に銀行から借り入れを行った際、総店舗の売上高を書類として提出していますので、恐らく店舗数が減ったことを理由に銀行は早期返済か、社内に行員の出向を申し出て来る可能性があります」

「出来るか、そんなこと」

借金の額は百万や二百万ではない。億単位なのだ。

それでも、返済計画には無理はなかった。ゆとりすらあった。全てが一週間前のままであったなら。

「どこかから資金の調達を図らなければ、出来ないでは済まされないと思います」

「資金？　どうやって？」

金を稼ぐ店が無くなったというのに。

「会社の財産を切り売りするか、銀行以外の金融機関から借り入れるか」

「俺にローン会社に頭を下げて来いって？　そんな額じゃないだろう」

「前社長夫人から借りるということも…」

「無理だ。あの女と会社はもう関係ない」

「ですが、夫人には潤沢な財産が…」

「その話は考えない。今も、これから先も」

「社長」

何と言われても、その選択だけは受け入れられない。

あの女に『金がなくなりました、貸して下さい』なんて言えるものか。

「今井、他の重役達は集まってるのか」

「会議室に招集はかけていますが…」

「いますが？　いますが、何だ」

「これを機に、古株の方々からも辞職願が出ると思います。そうなると彼等の退職金も…」

「もういい！　…会議室に行く。二人とも付いて来い」

「はい」

「はい」

昨日まで、自分は不況の中にあっても上手く生き抜いている社長だった。

だが今日からは、足をすくわれた間抜けになるのだ。

押し寄せる波に砂の城が崩れるように、何もかもが消えてしまう。

重役達が待つ会議室に向かいながら、俺はそのことを強く感じていた。

何をしようと、自分の力だけではどうにもならないかも知れないという挫折《ざせつ》感を。

会議をし、電話をし、弁護士と話し合い、現場の人間に檄《げき》を飛ばし、使えそうな者と頭を突き合わせて打開策を考え、銀行の相手をし、また電話をし。

眠る間もないほど動き回って足搔《あが》いてみても、会社を立て直すにはまとまった金が必要だという結論しか出て来なかった。

ライバル社へ移るかと思われていた二人が、表向きただ退社しただけで終わったというのも歓迎できない事実だった。

裏で某《なにがし》かの金を受け取っているのは確実だとしても、表向き利益を得ていなければ背任追及は難しい。

彼等を追い詰める暇があったら、会社を立て直す方が先だ。

結局、週末はずっと会社に泊まり込み、とにかく働くことしかできなかった。

これといった結果が出ないままマンションに戻ったのは、火曜の朝。

まだ波間も来ていない早い時間だった。

部屋は、相変わらず綺麗に整えられ、冷蔵庫には温めるだけでいい食事が用意されていた。

俺が戻らなくても、あいつは毎日ここに来て、決められた仕事をしていたのだろう。

その律義さが、今は愛しかった。

取り敢《あ》えず風呂に入り食事をしていると、決められた時間通りにドアの開く音が聞こえてきた。

「…樹さん?」

靴を見て在宅に気づいたのだろう、彼は俺の名前を呼びながらダイニングに現れた。

「お帰りなさい」

俺が出て行った時に見せた不安な表情ではなく、ただ会えて嬉しいという笑顔。

「コーヒー、淹れましょうか？」

何かがあったことは気づいているだろうに、変わった素振りも見せない。

「いや、いい」

「じゃあ日本茶でも」

「何もいらないから、ここへ来い」

自分が座っていた隣の椅子を引き、彼を座らせる。

「お前に言わなくちゃならないことがある」

「…何でしょう」

「会社が近々倒産するかも知れん」

ぼそりとそう言って、俺はことの顚末《てんまつ》を彼に伝えた。

週末の電話の意味。

店を持って行かれ、業者とトラブルを起こし、銀行から突き上げられ、資金不足で危険な状態になっていることも全て。

「今週中に新しい返済計画を通すか、資金の調達ができなければ民事再生法《みんじさいせいほう》の申請もあるかも知れん。

だからもうお前を雇うことはできない。どこか新しい仕事先を見つけろ」

彼を手に入れたことは喜びだったが、仕方がない。

俺は全てを失うのだ。

「俺の側にいても、何もいいことはない。恋人関係ももう終わりにして構わない」

「どうして？」

だが、彼はキョトンとした顔で聞き返してきた。

「『どうして』？」

「お仕事は、雇い主から解雇を言い渡されれば受け入れます。でも恋愛は生活が変わるから終わりにしなくちゃならないことはないでしょう？」

「俺は無一文になるかも知れないんだぞ？」

「だから？」

波間はにっこりと笑った。

「俺の側にいてもメリットは何もない」

「メリットが欲しくて、あなたの恋人になりたかったわけじゃありません。ハウスキーパーとして解雇されるなら、今から恋人としてあなたのお世話をしたい」

「給料は…」

「恋人に給料なんていりませんよ。こう見えても蓄えはあるんです。暫く働かなくても、ここへ通うことぐらいはできます」

胸が熱くなるような言葉だった。

そこまで俺を好きでいてくれたのかと、喜びさえ感じた。

だが次の瞬間、こいつはまだ本当に俺の置かれた状況がわかっていないからじゃないかという懸念も生まれた。

「俺は社長じゃなくなるんだぞ？」

「聞きました」

「このマンションも手放すかも知れない」

「新しい部屋を探すのなら手伝います」

「莫大《ばくだい》な借金を背負うかも知れない。俺には何も残らない」

そこまで言うと、彼は表情を堅くした。

…やっぱりわかっていなかったか。

「融資して下さる方に心当たりはないんですか？」

「あれば今日までの間に話をつけている」

「ご実家は…」

「あの女が何を出すと思ってる？　俺のためには一円だって出すわけがない。俺もあの女に頼むのだけはごめんだ」

波間の表情は更に暗く沈んだ。

「あなたは…、ご自分が今の地位をなくしたら、『何も残らない』と思ってらっしゃるんですか？」

「当然だろう？　俺の周囲にあるものの全てが、『ワイズマン』の社長である樹悦司のために集まったものだ。樹の両親を見返してやりたいというプライドさえ、この敗北で粉々だ。…俺は、人が金に目が眩《くら》むことはよくわかっている。そして金が無い人間をどう扱うかもな」

「でもあなたは金持ちでも何でもない私を側に置いてくれましたよ？」

「お前は…、特別だ。波間は俺にとって、心地いい人間だった。お前を側に置いてよかったと思うらしくない言葉をくれてやっているのに、波間の顔に笑みは戻らなかった。

「お前を、恋人だと本当に思っている」

もしも、お前が俺が信じるような純粋なだけの人間じゃなくても。

金の切れ目が縁の切れ目だと、去ることを決めたとしても。

「だから、お前の好きにしていい」

「樹さん」

「貧乏になる俺の側にいるならいてもいい。これで終わりならそれでもいい。お前の好きにしろ」

波間は何かを言いかけて途中で止め、視線を落とした。

暫くそのまま黙っていたが、下を向いたままふいに意味のわからない質問をぶつけてきた。

「私を、どんな人間だと思ってます？」

金で動くような人間だと思われて怒ったのか、善人と信じられて困ったか。いつもはすぐにわかる彼の心が、今はわからなかった。

視線も合わせず、指一本動かすこともしないままだったから。

「まだよくはわからん。ただ心地よかっただけだ。時間があれば、もっと知りたかった」

だがどうも俺は、こいつに本音を言ってしまう癖がついたようだ。

そんな言葉、喜ぶはずがないのに。

けれど彼はその言葉で顔を上げ、俺を見つめた。

「…でも、俺だけではだめなんですよね」

「お前だけがいてもどうにもならんさ」

幸福にできないなら、側にいる理由などないだろう。

金は嫌いだが、金がなければ人を養えないことはよくわかっている。

だから俺は樹の家へ引き取られたのだし、母の墓のために仕事も継いだ。そして会社で働く真面目な社員のために社長になった。

優しくもなく、気遣いもない俺では、金がなければお前に何もしてやれない。

「わかりました」

波間は寂しそうに微笑んで、席を立った。

「今日は帰ります」

「ああ、その方がいい」

頭を下げ、出て行く彼を、止める気力はなかった。

彼を信じてはいた。

だが人は霞《かすみ》を食って生きているわけではない。

もし彼が二度とここへ来なくても、それは人として当然のことだ。

「合鍵を置いていかなかったな…」

そのことだけが、彼がまだ自分に未練を残している証拠のようで、わずかに口元を綻《ほころ》ばせた。

この状況だ、一つくらい夢を見るのも構わないだろうと。


その後も、俺に休む暇などなかった。

急転直下に落ちてゆく者に手を差し伸べようとする者などいるわけがなく、ただ泥の海をもがくような日々が続いた。

救いだったのは、逃げ出した年寄り達と違って、俺が何とかしてやろうと思ってやった社員達が最後まで踏ん張りを見せてくれたことだった。

彼等にしても、ここで会社が倒れれば金を持ってる重役達と違って次の働き先すら見つけられないという危機感あってのことかも知れないが、少なくとも俺がここにいたことが間違いではなかった気にさせてくれた。とはいえ、いくら社員が頑張っても、当面の問題は金だ。

銀行さえ黙らせれば、まだ何とかいける。

金と時間さえあれば、また新しい店を立ち上げ、復活することができる。

そう思って走り回った。

その忙しさの中でも、わざわざマンションに帰宅してはいたのだが、波間はあの日以来姿を現さなかった。

どんなに綺麗事を言っても、やはり社長でない俺に魅力を感じることはなくなったのだろう。

何一つねだることはなかったが、安定していない男の側にはいられなくなったということだろう。

それでも、不思議と腹は立たなかった。

それが当たり前だと思っていたから。

人間なんて、そんなものだから。

だが、ほんの少しの寂しさは感じた。

以前、彼が言っていた自分を見ている者がいないということは寂しいことだというのは、こういうことだったのかも知れない。

社長である俺は、みんなの注目を集めていた。この状況でも、いや、この状況だからこそ、周囲の目は俺に注がれていた。

けれどそれは『ワイズマン』の社長に対してであって、俺個人に向けられているものではない。

波間との、仕事のことも会社のことも口にせず、互いのプライベートだけを語らった時間とは違う。

だからそれを失って少し、寂しかった。

波間がいないことが、とても寂しかった。

疲れ果てて戻る部屋に、彼がいた気配がだんだんと薄れてゆく。

ただ何もせず、同じ部屋にいただけの時間が名残惜しい。

ついつい目を向けてしまう玄関のドアは開くことはなく、更に数日が過ぎて行った。


「聞きたくないことでしょうが、銀行が待ってくれた理由がわかりました」

社長室でその報告を受けた時、俺は耳を疑った。

「当社への融資分を、返済して下さった方がいらしたんです」

「何だって？」

「返済は、銀行を通してその方への返済になっているんです」

「億単位の金だぞ？　誰が出した？　何故それを直接俺に言って来ない？」

問い返すと、今井は顔をしかめた。

「樹都子《みやこ》、前社長の奥様、つまり社長のお母様です」

「ばかばかしい、何の冗談だ」

「本当です。私も驚きました。奥様がそれほどのお金を持っているとは思ってませんでしたから」

今井の顔は真剣そのものだった。

とても嘘《うそ》をついているとは思えなかった。

むしろ、金を出す者がいたという事実は、銀行の返済請求が止んだことの理由として納得ができた。

「…誰から聞いた」

「今日、銀行からの追加融資の申し出があり、担当者が口を滑らせたんです」

銀行から…。

「ちょっと出てくる」

「社長」

今井は慌てて俺の腕を取った。

「すぐ戻る」

だが俺はその腕を振りほどき、部屋を飛び出した。

「会社のことを考えてらっしゃるなら、見逃してください。わだかまりがあっても、あちらから歩み寄って下さったんですから、いいじゃないですか！」

背中から聞こえる今井の気持ちはわかる。

個人の感情と会社を秤《はかり》にかけてくれるなという考えは、恐らく事実を知れば全社員の気持ちとなるだろう。

だが俺には納得できなかった。

何故だ。

俺に金を差し出すなら、高慢なあの面で、勝ち誇って現れればいいじゃないか。

何故わざわざ姿を隠して、善意の人を気取る？

後でそれを盾に、自ら俺の全てを奪いにくるつもりか？　親戚連中の息子辺りを連れて来て、社長のすげかえでもするつもりか？

断る断らないは別にして、その真意を知らないままではいられなかった。

車を飛ばし、もう数年来足を向けたことのなかった樹の本宅へ向かう。

いつ見ても、懐かしさのかけらもない広大な屋敷。

敷地内ではなく、すぐ前の道に車を停《と》め、外来者としてインターフォンを鳴らした。

「悦司だ。義母に会いに来た」

愛想のない家政婦がすぐに応対し、相変わらず蔑《さげす》むような目で俺を見ながら奥へと案内した。

こちらの気持ちもそうだが、向こうも俺をこの家の息子ではなく、来客として扱い、応接室へ通される。

暫く待たされた後、もう二度と会わないと思っていた義母が姿を現した。

「…突然ね」

白い髪をきっちりと結い上げ、上品な和服に身を包んだ義母は、そう言って俺の前のソファに腰を下ろした。

「電話もなく訪ねたことは詫《わ》びます。ですがどうしても聞きたいことがあったので」

「何？」

無機質で短い返事。まるで、お前とは言葉を交わしたくなどないというような態度。

「融資の件です。『ワイズマン』の銀行の借金を肩代わりなさったのはお義母《かあ》さんだと聞きましてね。何故そんなことをしたのか伺いにあがったんですよ」

彼女の柳のような細い眉《まゆ》がピクリと動く。

「そんなことは…」

「していないとは言わないでください。ちゃんと銀行から聞いて来たんです」

言い逃れられる前に退路を塞《ふさ》ぐ。

すると彼女はほうっとタメ息をついた。

「近頃の銀行は本当に口が軽いわね」

「何故そんなことをしたんです。あなたが俺のために金を出すはずがない。何を企んでるんです」

「私にお金があれば、あなたに貸すことくらいしますよ」

「憎くても？　父の遺《のこ》した会社のために？」

「あなたが憎くはないからです。夫の会社のためでもありますが」

「憎くない？　よくそんな…」

彼女は表情を崩さず、俺を見返した。

老いて尚美《なお》しくはあるが、冷たい、嫌な顔だ。俺はこの顔が嫌いだった。

「我が子のようにあなたを愛しいと思う、とは申しません。あなたは私の子供ではないですから。けれど長く暮らせば情ぐらいは湧《わ》きます」

「初耳ですね」

揶揄《やゆ》すると、彼女はわずかに顔をしかめた。

「言う機会もありませんでしたから。嘘いつわり無く申しますが、私はあなたの母親は嫌いです。私の夫を奪った女ですから」

「知ってます」

罵《ののし》りの言葉を吐いたのはこの耳で聞いている。

「けれどあなたが私に何かしたわけではありませんから、憎む理由がありません。むしろ、この家に来てからはよくやっていたと思います。ですから、あなたに会社を継がせたんです。他の誰よりもあなたが社長である方が会社のためになるだろうと思って」

「認めて下さってたわけですか」

「それなりに」

淡々とした言い方だが、今更『愛しい我が子』と言われるよりも真実味はあった。

「ですから、あなたと一緒に暮らしたいとは言いませんが、あなたが息災であればとは思っています。そう…、愛情と無関心の間ぐらいの気持ちなんでしょうね」

「それで金を出したんですか？」

彼女はそれについてはすぐに答えなかった。

何かを考えるように一瞬視線を飛ばし、それから小さく息を吐いてからまた口を開く。

「私はお金は出していません」

「だから銀行から…」

「銀行には、私が出したということでお金を渡しました。戸籍上であっても親子ですから、それならば変に勘ぐられることはないでしょう。それに、私があなたを嫌っているのではないのなら、あなたのために名前を貸して欲しいと頼まれたんです」

「…頼まれた？　誰にです」

義母でさえ、あり得ないと思ったが、それでも彼女は自分の『知り合い』ではあるし金持ちだ。けれど彼女以外の知り合いにはもう全て当たっていてフラレている。

一体誰が俺のためにそんな大金を出してくれたというのだ。

「口止めはされましたが、他人の金銭を自分のもののように説明するのは気が引けますからお教えしましょう。波間光希さんです」

「波間…？　…ハッ！　何を」

思わず大声で笑い飛ばした。

あり得ない。

彼がそんな大金を持っているわけがない。

「どこで調べたか知りませんが、波間は確かに俺のマンションに出入りはしてましたが、ただのハウスキーパーですよ？　そんな金、都合できるわけがないでしょう。嘘をつくならもう少しマシなものになさった方がいいですよ」

「嘘ではありません。それにあの子をあなたのところに紹介したのは私ですから、あなたよりもあの子のことはよく知っています」

「あなた…が？」

今井は、昔この家に出入りしていた証券マンだった。波間は、彼の昔の顧客が紹介してくれた人間だと…。

「彼は、どこかの名家の息子だとでも言うんですか？」

まさか、彼の全てが嘘だったというのか。あいつがこの家から遣わされた人間だったというのか？

「『テンダー』という会社の、派遣のハウスキーパーです。ヘルパーと言うのかしら？　ご両親は早くに亡くなっているそうですから、どのような家の子供なのかは知りません」

頭が、混乱しそうだった

「施設で育ったと言ってたんですよ？」

いや、混乱していた。

義母が自分を憎んでいないと言ったことより、彼女が今から語ろうとすることの方が、はるかに俺を惑わせた。

「だそうですね」

「身寄りは貧乏な伯父さん一家だけのはずです」

「そうなんですか？　それは聞いてません」

「義母さん、そのからくりを俺が納得いくように説明していただけませんか」

足を崩さぬよう斜《はす》に座っていた義母は、居住まいを正してこちらに向き直った。

「今井から、あなたの事故のことを聞き、身の回りの世話をする人を探していると言われた時、私はお友達が優秀なハウスキーパーがいると言っていたのを思い出して彼に教えたんです」

「今井と今も付き合いがあるとは知りませんでした」

「子供の事故を親に知らせるくらいの礼儀のある人間だということです。密偵ではありません」

こちらの考えを読んだように、彼女はぴしりと言ってのけた。

「波間という青年は…、イルカのような子だと聞かされていました」

「イルカ？」

「私はあまり存じませんが、イルカというのは傷ついた者を察して支える習性があるそうですね。そんなふうに、あの青年は一人暮らしの老人や、障害のある方に気に入られていたんです。あの子を雇う者は、皆あの子が気に入って、最期まで側に置きたがったそうです」

「そんなことより…」

「先年亡くなった私の友人も、彼を雇いとても気に入っていました。そして亡くなる時、他に身寄りがなかったので彼に財産を分与したんです」

「他人に？」

「全額というわけではありません。ですが、あの子は礼儀正しく、わきまえがあるようなので、今まででも裕福な方の元で働き、同じような恩恵に預かっていたそうです。けれどあまりにもそれが続いたので、悪い噂《うわさ》が出て暫く仕事を休んでいるところでしたから、すぐに手配することができたんです」

「ちょっと待ってください。じゃあ、彼は今までの自分の雇い主の遺産を…？」

「一人一人が大した額ではなかったとしても、何人か続けばそれなりにまとまった額にはなるのでしょう。どうしてだかは知りませんが、それをあなたに貸したいから、私の名前を使わせて欲しいと頼みに来たんです。ですから、文句を…、いえ、私でないのなら受け入れるのでしょうから、お礼を言うのなら波間さんに伝えた方がいいでしょう」

「彼の連絡先をご存じなんですか？」

「名前を貸すことで面倒があった時のために住所と電話番号ぐらいは聞きましたよ」

当然でしょうという顔をする義母に、俺は摑みかかった。

「教えてください！」

「悦司さん？」

波間。

「お願いします」

お前は何者で、何を考えていた？

俺はお前の何を知るべきだった？

金があるのなら、それを俺に貸し与えるなら、何故姿を消した？

「そんなおっかない顔をなさらなくても、それくらい教えますよ」

俺にはそれを知る権利も義務もあるはずだ。

今もまだ、お前が俺の恋人であるなら。


白い、二階建のアパートは、特に大きいわけでも、高級なわけでもなく、どこにでもある普通の建物だった。

そこが波間の住む場所だと言われれば納得するが、俺にポンと大金を貸した人間の住まいだというにはあまりにも貧相だ。

けれど郵便受けで確認すると、一階の一番左端には確かに『波間』の名が記されていた。

波間なんて、珍しい名で、どこにでもあるようなものではない。

してみるとここが本当に彼の住まいなのだろう。

まだ陽《ひ》は高いから、もしかしたら住人は出掛けていて留守かも知れないと思いつつ、俺はチャイムを鳴らした。

「はーい」

ドアの向こうから聞き慣れた声が響く。

「どなた？」

扉を開けずに訊く相手に、俺は名を名乗った。

「波間、俺だ。樹だ」

間を置くが、返事がない。

「ここを開けろ」

ノックをすると、やがてドアはそっと開かれた。

穏やかで端正な波間の顔が隙間から覗く。その隙間が閉ざされることのないように、俺は手を掛けて一気に開いた。

「あ」

小さな声が漏れて開くドアにつられるように倒れて来る身体を抱きとめる。

「入るぞ」

そして彼を押し戻すようにして、中へ足を踏み入れた。

どこから見ても、若い男の一人暮らしといった感じの室内には、高級なものも高価なものもない。

いや、家具自体殆どなく、片付いた部屋にあるのは、床に置かれた小さな丸テーブルとベッドだけだった。

「これがお前の部屋か？」

まだ金のことを知られていないと思っているから、彼は微かに微笑んだ。

「狭くて驚きました？」

「いや」

「…どうぞ」

彼は俺を追い出すことなく、その小さなテーブルの前にある座布団を勧めた。

俺はそこに座り、すぐに本題に入った。

「樹の義母に会ってきた」

彼の薄い唇がヒクリと震える。

「お前が彼女の紹介で来たことも、金を出したのがお前だということも聞いた」

「…樹さんのお母様の紹介というわけではありません。ただあの方が横井《よこい》さんの…、以前私が勧めていた方のことをご存じで、今井さんにそれを伝えただけです」

「何故、何も言わなかった」

「特に言うほどのことは…」

「紹介のことを言ってるんじゃない。金のことだ」

するど彼はひどく申し訳なさそうに頭を下げた。

「すみません。差し出がましいことを…」

「何を言ってる。俺に金を出すなら、どうして直接本人に言わなかったのかと訊いてるだけだ。謝って欲しいわけじゃない。いや、そもそも何故金持ちだと言わなかった？　大金を持っているなら何故ハウスキーパーなどやっていた？　この慎《つつ》ましやかな暮らしぶりは何だ？　俺に話したことの、どこまでが真実だったんだ？」

問い詰めるつもりはなかったが、知りたい気持ちが勝って一気にたたみかけると、彼は益々《ますます》縮こまって、泣きそうな顔になった。

「お金は…、いらないんです。だから使わなかったし、人に言うこともありませんでした。でもあなたには必要だと思ったから…」

「どうして俺に直接申し出なかった？」

「あなたが、金持ちは嫌いだと言っていたから…」

そんなことを言った気はする。

だがたったそれだけで？

「別に金を持っている人間が全て嫌いなわけじゃない。金を持って傲慢になる人間を嫌うだけだ」

「でも…」

「でも？」

「私があなたにお金を提供すれば、あなたは私がそれをどうして手に入れたか知りたがるでしょう？　それを伝えるのが嫌だったんです」

「今まで世話をした老人からの遺産だろう？　正当な報酬じゃないか」

「それが十人もいる、と聞いたらどう思います？」

「十人？」

泣きそうだった、俯き加減の顔がきっとこちらを向き、皮肉るような笑みを浮かべた。

「樹さんに言ったことは全て本当です。私は早くに両親を亡くし、ハウスキーパーとして働いていました。年が若く経験のない私は、最初人のあまり受けたがらない仕事、死期の近い独居老人のお世話をすることが多かったんです」

その目は俺を見ていながら、どこか遠いものを見ているようだった。

「最初は、亡くなられたお祖父《じい》さんが家財を売ったお金を、謝礼として遺したいと言われただけでした。私は家族の縁が薄かったので、そのお祖父さんを実の祖父のように思っていたから、その気持ちが通じたのだろうと、受け取ることにしました」

「祖父母は伯父さんの家にいるんじゃないのか？」

「それは伯母さんの方のです。その方達の住まいだったから伯父さんのところには行けなかった」

嫁の家にいる身で甥《おい》を引き取るとは言い出せなかったのか。

「自分が寂しかったから、一人で逝く人達の寂しさに敏感だったのかも知れません。誰かに、まるでイルカのようにお前は人の傷みに寄り添う人間なのだと言ってもらったこともありました。その後も、最期を看取《みと》った方はみな私に某かの金品を遺してくれました。けれどそれが続くと…。樹さん、『青《あお》髯《ひげ》』ってお話を知ってますか？」

「『青髯』？」

「次々と新しい女性と結婚しては妻を殺し、財を成した男の話だそうです。私は、『青髯』だそうですよ」

つまり、遺産を狙って次々に世話をしている老人を手に掛けたと思われたのか。

「以前働いていたところで、そんな噂が出て、『テンダー』に移ったんですが、そこでもまた同じことがあって…」

彼の目が遠い記憶から目の前に俺に戻る。

「『青髯』と呼ばれていた時は辛かった。だからあなたにそう疑われるのが嫌だった。あなただけには、そんなふうに思われたくなかった。樹さんだけが…、私を私だと思ってくれた人だから」

「どういう意味だ？」

「私に何かを遺してくれた人達は、『私』に遺したわけではないんです。彼等はいつも私に重ねた誰かに遺しているつもりだった。亡くした子供や兄弟、遠い日に別れた恋人。その人達にしてあげたいことを私にしただけなんです。だからお金を使うわけにはいかなかった。だって『私』のものではなかったから。でも樹さんだけは、一度も私を誰かに重ねることはなかった。まだ全てを知っているわけではない波間光希として私を見てくれていた。だから、あなたの恋人になりたかった。だからあなたに嫌われるようなことは知られたくなかったんです」

彼の告白を、くだらないと笑うことはできなかった。

今までの彼の言葉が、その気持ちがいかに辛いものだったかを教えていたから。

自分だけなら、恋人になってもいい。

誰かと私を重ねていませんか。

彼は何度も聞いた。

最後の時に、『私を、どんな人間だと思ってます？』と聞いた質問の意味を、あの時にはわからなかった。

けれど今はわかる。彼はあの質問で『何かのような』と言われるのかどうかを確かめたのだ。

息子のような、弟のような、友人のような、恋人のような、『誰かのような』愛しい人と言われ続けて来たから。

いつも、穏やかで落ち着いていた波間。

大きく表情を変えることなく、笑みをたたえ続けていた彼の内側は、呆《あき》れるほど繊細で、臆病《おくびょう》だったのだ。

「樹さんが…、私を恋人にすると言ってくれた時、本気で私を好きだからそう言っているのではないことはわかっていました。それでも、私はあなたが好きだったから、私を可哀想とは言わなかったあなたが、誰とも重ねないあなたが好きだったから、それでもよかった。お金のことは気になさらないでください。私には必要のないものですし、ちゃんと返済されるようになっているでしょう？　ですからそのことで私に負い目を感じることだけはしないでください」

「俺は…、お前を好きだと言ったはずだ」

俺は手を伸ばして彼の手を握った。

熱い。

泣くのを堪えている熱い手だ。

「なのに何故離れた！」

「だってあなたは私だけではダメだと言ったじゃないですか！」

初めての彼の大声とともに、その目からぽろぽろと涙が零れる。

「私はお金なんかいらない。欲しいと思ったこともない。でもあなたは違った。仕事のために、会社のために、あなたがあなたでいるためにお金が必要だと言ったでしょう？　私だけでは…」

「違う」

「私はあなた以外いらない。肩書も、金も。でも樹さんは…」

「波間」

他人を癒《いや》して、心地よさを与える者が、癒され心地よいままでいられる保証などない。

誰かのために尽くすことを苦に思わなくても、愛されたいと願う欲はある。

その当たり前なことを、彼は口にできなかったのか。

「お前に幸福な生活を送らせてやるために、金が必要だと思っただけだ。お前だけがいればいいと言って縛るのは俺のエゴだと思っただけだ」

細い身体を引き寄せ、強く抱き締める。

「俺に金があってもなくてもお前の気持ちが変わらないというなら、俺だってそうだ」

力が抜けた熱い体を。

「最初は確かに恋じゃなかった。だが今は違う。波間に側にいて欲しい。お前を手放したくない」

泣いているからか、彼からの言葉はなかった。

少し腕を緩め、その顔を見ると、顔中が涙で濡れていた。

激しく求める気持ちではなかった。けれど本心から、この臆病な青年を愛しいと感じていた。

二人で何げなく過ごしたあの時間を、取り戻したいと願っていた。

「頼むから、戻って来い」

「…樹さん」

「金が介在することで信じられないというなら、すぐにでも全額返してやる。そのために樹の義母に頭を下げてもいい。それくらい、俺にはお前が必要なんだ」

泣くばかりで、やはり答えはなかった。

けれど、俺にはちゃんとわかった。

背中に回ってきた震える腕が、また新たに零れる涙が、歪んだ口元に薄く浮かんだ笑みが、聞こえない言葉を伝えたから。

彼のその仕草や態度だけで、ちゃんとわかったから。

俺を好きだという気持ちが、信じてくれたという気持ちが。

その喜びが…。


我慢できなくて重ねた唇は涙でしょっぱかった。

床に押し倒した時に浮かんだ驚きの表情を見たのは一瞬だけだった。

後は近づき過ぎて、よくはわからなかった。

彼に愛情を与えてやりたい。

自分の本気を伝えたい。

何より、愛しくて、彼を手に入れたいという衝動に負けた。

抵抗のない細い身体から服を剝《は》ぎ取り、露になった肌に口づける。

見えるところ全てに、痕《あと》を残してやりたかった。後で彼が夢だなんて疑わないように。

自分のマンションで波間を抱いていた時には、彼の初々しい反応を楽しむための愛撫だったが、今は違う。

彼のためという気持ちはほんのわずかで、残りは全て自分の欲だった。

愛しいから貪りたい。

彼を愛して、満足いくまで味わいたい。

これは心地いいだけの人間ではなく、ましてや融資者でもハウスキーパーでもない。

これは俺の恋人だから。

「波間」

名前で促しズボンを脱がす。

困惑しているのか、彼の手は俺の服を摑んだまま動かなかった。

それでもいい。

今日はお前からの愛撫など受けなくても気持ちが萎《な》えることはない。

その泣き顔で、痛々しいほどの慎みで、もうすっかりその気になっていた。

火照った身体に二つの薄紅の円。

その片方の突起を口に含み、少し乱暴に吸い上げる。

「あ…」

手は下肢に伸ばし、柔らかな内股《うちまた》からゆっくりと撫で上げてソレに触れる。

まだ硬くなっていない波間のモノは柔らかく、弄ぶには適していた。

手のひらの全てで包み、そっと揉みしだくと、すぐそれは硬さを手に入れる。

「や…、待って…」

ここに至ってやっと頭が回るようになったのか、彼が止める。

だがもちろん聞き入れるわけがなかった。

「お願いです…、待って…」

「嫌だ」

「でも…、このままじゃ何もしてあげられないから…」

「何もしなくていい」

「…樹さん」

「何もしなくていいんだ。俺がお前を欲しがってるだけだから、受け入れてくれるだけでいい」

彼の手が、いつもしているように俺に応えようとしたが、それも拒んだ。

彼の胸を吸い上げ、舌先で乳首を転がす。

「あ…」

技巧も何もない喘《あえ》ぎが零れ、ピクピクと身体が小さく撥《は》ねる。

彼が語った青髯のくだりを聞いた時、哀れむという意味ではなく、彼を可哀想だと思った。

この繊細な魂が、幾度となく人の死を見送らなければならなかったのだとしたら、一体どれだけ傷ついただろう。

なのに誰もそれを思いやることはなかったのか。

幼い頃に両親を亡くし、失うことの悲しみを知っている波間は、どれほど涙を零しただろう。

「波間」

だがエゴイストな俺は、その無関心で無神経だった人間達に感謝した。

「俺は百まで生きるから、これから何度も抱かれることを覚悟しておけ」

お前達が彼に気づかなかったお陰で、波間は俺のところへ来た。俺を求め、俺を愛してくれた。そう思うと、不謹慎にも彼の今までの辛さや悲しみにさえ拍手を贈りたい気分だった。

「樹さ…」

胸を嬲《なぶ》っていた口を離し、自分の指を咥《くわ》える。何かあればよかったのだが、ちらりと見回した部屋に使えそうなものがなかったので、自分の唾液《だえき》をたっぷりと指に絡めた。

濡れた指で辿る身体。

今まで大切にとっておいた場所に爪をかける。

「…いっ」

見ないまま、指で探って場所を見つけ、彼の中にゆっくりと埋め込む。

「や…、あ…、何で…」

入口は俺の指を捕らえて、ぎゅっと窄《すぼ》まった。

「今日は最後までする。お前の全部が欲しいから」

「や…、待って…そんな…」

「お前が俺を好きなら、これは強姦にはならない。そうだろう？　愛しているから、俺を与えたいんだ」

言葉では綺麗に語れるが、実際はただ単にそそられたのだ。

涙して『私だけじゃだめなんでしょう』と叫んだお前に。

内壁を探るように指を動かし、少し緩み始めてから引き抜く。

最後を吐き出す時に、彼は痙攣《けいれん》するように震えた。

服だけを摑んでいた手が、爪を食い込ませるように力を入れてくる。

その微かな痛みにも煽られた。

周囲を解し、再び中に入り、また引き抜く。

「あ…、ん…っ。あ…」

指の動きに合わせ、彼の声が踊る。

泣き顔だった波間の顔に色気が浮かび、目の潤みは艶《つや》めいてくる。

ぷっくりと膨らんだ胸の突起をぺろりと舌で舐めると、顎がクッと反り返って唇が震えた。

だが俺はそこで一旦《いったん》手を止め、身体を離した。

「あ…」

惜しむような声と、それを恥じて染まる頬。それを見下ろして笑い、俺は自分の服を脱ぎ捨てた。

「壁が薄いなら、俺の腕でも噛んでろ」

もうとっくに我慢できなかったモノを引き出し彼を横に向かせる。

背後から抱き締めるように手を回し、前を嬲りながら自分のモノを擦り付ける。

赤く染まる肌。

柔らかい肉を食《は》むように肩に口づけ、耳を舐《ねぶ》る。

「ん…っ、ん…」

手の中の波間がわかるほどに脈を打ち始めるから、俺はまた指を後ろから差し入れて、そこを責めた。

「あ…」

耐えて丸くなる背中。

俺は性欲で彼を抱きたいだけかも知れないが、彼は愛情で俺を求めているのだろう。

望まない羞恥と、これから何をされるのかを知っていながら何も言わない『初めて』の波間の態度に、そんなことを思った。

「力を抜け」

彼を完全に俯《うつぶ》せにさせ、片方の腕をその口元に差し出した。

痛みに耐えさせるため、声を殺させるため、そこに噛み付けというように。

けれど波間は両手でその腕にしがみつくと、まだしっとりと濡れた頬を寄せてきた。

そのいじらしさが、俺の最後のタガを外した。

腰を抱え、貫く肉。

「あ…ッ！」

一瞬、力を入れて浮かび上がる彼の背骨を、妙に綺麗だと感じながら身を沈める。

固く閉ざされた場所をこじ開けながら、ゆるゆると悦楽を求めて進む俺を、濡れた肉がしっかりと包み込む。

「は…、あ…。や…っ、い…ッ」

噛まれはしなかったが、彼は必死に俺の腕に爪を立てた。

後ろだけではイケないだろうと、前に触れると、その瞬間、彼は俺を咥えたまま達してしまった。

「い…や…ぁ…」

我慢しているのか、ぱたぱたと泣くように零れてくるもので手が濡れる。

やはり彼は、俺にとって『癒し』ではないようだ。

喘ぎ悶《もだ》えるその姿を見ているだけで、こちらも我慢できなくなってしまう。

「もう少し我慢しろ。これからが俺の本気だから」

ぐったりと果てたその身体を抱きかかえ、容赦なく何度も突き上げてしまうのは、慰めではないだろう。

「いや…っ、ぁ…ふ」

俺はもうわかってる。

何度もそれを口にした。

「だめ…、いつ…さ…ぁ」

これは恋人を愛しているという気持ちだ。

お前を人として欲しいという証《あかし》なのだ。

「う…」

思い出でも幻想でもなく、生身のお前を手に入れたいという、俺の欲望だから。

「社長賞をくれてやる。ついでに希望人事も好き放題だと伝えておけ」

樹の義母とは、これからもあまりいい関係とは言えないだろう。

『本当に、金一封ですね。社長自らお言葉をかけてさしあげたらどうです？』

だが今までよりはマシになると思う。

「残念だが、今日は忙しいんだ」

会社の方も、起死回生の大逆転が起こってくれたお陰で、最悪の事態を逃れることができた。

それは波間の融資ではなく、松川の密偵のお陰だった。

あの男が料亭の仲居をたらしこんでくれたお陰で…、いや、説得してくれていたお陰で、渡辺達の背任の証拠が手に入れられたのだ。

密会の写真と、盗聴のテープという、確実なものが。

これで渡辺達を背任罪で追及することができるし、作為的な嘘があったということで、向こう側に渡った五店舗は返っては来ないとしても、相手会社から結構な金をむしり取ることができるだろう。

本当に、松川は社長賞ものだ。

『そういえば今日からでしたね、波間さんと同居なさるのは』

「ああそうだ。だから今井、義母さんに言っておけよ、『住み込みのハウスキーパーが入ったようです』ってな」

『念を押されなくても、恋人だなんて口が裂けても伝えませんよ』

「じゃ、切るぞ。今やっと引っ越しの業者が帰ったところなんだ」

『はい、はい。ではまた明日』

電話を切ると同時に、まるで待っていたかのように温かいコーヒーが差し出される。

もちろん、差し出した手は波間の手だ。

「上手くいってよろしかったですね」

「ああ」

だが俺はコーヒーではなく、彼の手を取って引っ張った。

「零れますよ」

とは言うが、彼は器用にそれを零すことなく俺の隣へ座った。

「これから一緒に住むにあたって、お前に言っておきたいことがある」

「何ですか？」

ちょっと不安げにこちらを見るから、わざと真面目な顔を作って、俺はこう言った。

「俺は他人を家に入れるのは嫌いな人間だった。だからその俺が一緒に住むからには、お前はイルカでも青髯でも、ハウスキーパーでも、ましてや誰かの身代わりでもない」

かしこまって聞いている彼の額に軽く口づけて。

「お前は俺の恋人だという自覚をもてよ」

すぐに真っ赤に染まるその頬を、愛しいと感じて。

波に漂う

自分が誰《だれ》かと暮らすなんて、考えたことはなかった。

母子家庭で育ち、その母が亡くなり、実は自分は『ワイズマン』というフードチェーンの社長の妾《しょう》腹《ふく》であったとか。跡継ぎがいない樹《いつき》家の跡取りとしてその家に入ることになってしまい、そのせいで会社を狙《ねら》っていた古株の重役や縁戚《えんせき》に揉《も》まれ、すっかりヒネていたから。

恋をするつもりもなかった。

俺《おれ》が樹の家の息子であると知って近づいて来る女達《たち》は、樹悦司《えつし》という個人と付き合いたいのではなく、その向こうにぶら下がっているメリットのために投資しているのだとわかっていたから。

それを不満と思うより、それならそれでこっちも適当に付き合っていればいい。

欲しい物をくれてやり、自分が楽しめなくなったら別れる。そういう付き合いでいいのなら、却《かえ》って気が楽だ。

そんな俺が、男に恋をして、手放したくないと願って自宅に相手を住まわせたのは奇跡と言ってもいいだろう。

波間光希《はまみつき》。

交通事故で怪我《けが》を負った俺の身の回りの世話をさせるために雇った彼は、柔順で礼儀正しく、家事は万能で、介護ヘルパーの資格も持つという、スーパーハウスキーパーだった。

だが、俺が彼に惚《ほ》れたのは、彼が有能だからではない。

波間は、両親を早くに亡くし養護施設で育ちながら、自分で自分の道を見つけ、ハウスキーパーとなった。

他人はそれを可哀想《かわいそう》だ、立派だと言うだろうが、それが理由でもない。

俺にとっては当たり前のことだ。

不幸は誰にでも訪れる。

自分自身、今でこそ他人に羨《うらや》まれるが、順風満帆幸せいっぱいで育ったわけではない。自分で自分の場所を作る努力をしたのだ。

だが彼が、不遇な出生を言い訳にしたり、負けてしまったりしなかったことが、好印象だった。

波間を遊びの相手ではなく、本当に欲しいと思い始めたのは、彼が俺だけを愛し、俺だけに身体《からだ》を許したと知ったからだ。

自分一人だけを望むのなら恋人になってもいいと言い、震えながら抱かれた波間を、可愛《かわい》いと思ってしまった。

だが、何より心惹《ひ》かれたのは、彼が無欲なところだ。

俺の周囲には、己の利益を獲得することしか考えない連中ばかりだった。

だが波間は…。

彼は、それまでハウスキーパーやヘルパーの仕事で老人の世話をし、その献身さから依頼人から報酬以外の感謝を受けることが多かった。

つまり、面倒《めんどう》を見ていた老人が、本当の息子のようだと遺産を遺《のこ》したってことだ。

一人一人は大した額じゃなかったとしても、仕事を続けていれば積み重なってゆく。

俺が知る『普通の人間』なら転がり込んでいた大金に喜び、さっさと使っただろう。だが彼は、それを贈り物としては感謝したが、金としては持て余していた。

質素な生活を続け、仕事をし、金を持っている態度など微塵《みじん》も見せなかった。

なのに、俺が仕事で窮地に陥ると、自分のものだとは言わず人を使って全《すべ》て俺に差し出したのだ。

金を出してくれたことがありがたかったのではない。波間がそれを自分の手柄にせず、ましてや金を持っていることをひけらかしもせずに俺に尽くしたことで、心が動いた。

どんな聖人君子を気取っていても、金を手にすれば人は変わってゆく。

金に目が眩《くら》むことを悪いと言うんじゃない。それが普通だ。

嫌というほどその現実を見てきた俺は、彼の無欲さに惹かれてしまった。

普通ではあり得ない慎《つつ》ましさ。それが、波間の波間たる所以《ゆえん》であり、彼が俺にとって特別に思える理由だ。

欲しいものは手に入れる。

ましてや誰からも好かれそうな波間は、誰かに奪われる前に自分のものにしてしまわなければ。

そう思って、俺は本気になるとすぐに彼を自分の家に呼び寄せた。

そして…。

「おはようございます」

今は恋人として一つ屋根の下で暮らしている。

「おはよう」

穏やかな性格そのままの優しい波間の顔。

目が覚めると同時に自分の最愛の人間の顔が目に入るという幸福。

「食事の支度ができましたから、起きてください」

布団を剝《は》ごうとする手を捕らえて、ベッドに引き込む。

「樹さん」

慌てたように抵抗するが、本気で嫌がっているわけではないので、細い身体は簡単に腕の中へ倒れ込んでくる。

「いたずらしないでください」

「いたずらじゃない。恋人が起こしてくれて喜んでるの半分と、不満が半分」

「不満？　起こすのが早かったですか？　でもお仕事に行くならそろそろ…」

「起こした時間じゃない。お前のその言葉遣いだ」

「言葉遣い…ですか？」

「恋人なんだから、もうその他人行儀な話し方はやめろ」

抱き締めた波間の髪からは、甘いいい匂《にお》いがした。

コロンじゃない。シャンプーの匂いだ。それも微《かす》かで、とても波間らしい。

「他人行儀っていうわけじゃないです。もうクセみたいなもので…」

「恋人にデスマス調で喋《しゃべ》られるのは好かない」

「これ以外の喋り方なんておかしいですよ。私《わたし》に『起きろよ』って言われたいんですか？」

「…それも変だな」

波間は腕の中で笑った。

「でしょう？　さ、起きてください。ご飯が冷めてしまいます」

俺は彼を巻き込むように組み敷いてキスをしてから解放してやった。

「着替えてから行く」

もうすることまでしているのに、波間は顔を赤くしていた。

自分に嗜虐《しぎゃく》趣味があるわけではないのだけれど、こういういじらしい姿を見ると、もっと苛《いじ》めてみたくなってしまう。

顔を洗い、波間が用意してくれていた服に袖《そで》を通す。

彼は恋人としてここへ呼んだのだから、仕事などさせなくてもよかったのだが、そこにはちょっとした打算があった。

波間は『テンダー』という会社に所属している派遣型のハウスキーパーなので、一度依頼があれば仕事に出て行かなければならない。

だが、自分がそうであったように、どこかで彼に惚れてしまう人間がいるかも知れない。

相手が男なら負ける気はしないが、女だった場合どうすればいいのかわからない。

波間のために身を引くなんて殊勝な考えにはならないだろうが、もしも波間が相手の女を選んだら対処方法がわからない。

なにせ、ここまで惚れた相手は初めてなのだから。

仕事などしないでここにいてくれ、なんてことはプライドが邪魔をして言えない。第一、働くことが好きな波間にはそんなことを言っても無駄だろう。

なので、雇っているわけではないが、彼にはこの家のことを任せているわけだ。

ネクタイを手に、ダイニングへ行くと、テーブルの上には朝食がセットされていた。

「今日は和食か」

みそ汁や焼き魚、出し巻きに青菜の煮浸し。理想的な日本の朝食だな。

「美味《うま》そうだ」

彼を雇っている時には、同じテーブルで食事をするために彼に着席を促さなければならなかったのだが、恋人となった今は、黙っていてもちゃんと正面に座って一緒に食事をする。

「夕飯はどうしますか？」

「ああ、今日は家で食う」

「食べたいものはありますか？」

「特には。お前の作るものは何でも美味いからな」

「お肉か魚かぐらいのオーダーはないんですか？」

「じゃ、肉かな」

ありきたりな会話。

こういう時間が楽しいと思うとは、考えたこともなかった。

誰かと付き合うというのも、何かの欲望を達成するためだと思っていたから。

セックスもしかり、遊びもしかりだ。

だが、ただそこにいるというだけの時間が大切だと思うなんて。

「週末はどこかドライブでも行くか？」

喜ぶと思って口にした誘いに、波間の手が止まる。

「週末で思い出したんですが、実は仕事が入ってしまって」

「…仕事？」

「はい。以前お世話になった方からのご依頼で」

「今週末か？」

「はい今週末からです」

「から？」

嫌な予感。

「今週末から暫《しばら》く通うことになるかと思います」

心の中では、『絶対ダメに決まってるだろう』と叫びたい気分だった。

だがここはぐっと堪《こら》えて、何げないフリを装いながら尋ねてみる。

「突然だな。今まで何も言ってなかったのに」

行きます、というのは報告だ。どうして決定する前に俺に訊《き》かなかった。…と言いたいが、彼が俺に訊く必要はない。

恋人とはいえ、相手の仕事に口を挟めるわけがない。

もし逆に彼がそんなことを言い出したりしたら、きっとムカつくだろう。

「俺としては、うちの仕事を頼んだつもりだったんだが。報酬を支払って正式に頼めばよかったのか？」

…これは厭味《いやみ》っぽいな。

「仕事はもう辞めたかと思ってた」

これは嘘《うそ》っぽい。

彼が仕事を辞めることはないとわかっているのだから。

「仕事は辞めるつもりはありません。それに、樹さんとのことを仕事にはしたくなくて…。もし正式に依頼されてもお断りすると思います。あなたとはそういう関係でいたくないので」

…ヤブヘビだな。

だが、いい返事だ。波間は俺をちゃんと恋人として捉《とら》えている、ということだから。

「今回のご依頼は春日様《かすが》とおっしゃって、以前一度通わせていただいた方なんですが、ご病気で入院なさってたんです」

「老人なのか？」

「はい。もうご老齢です。西都《せいと》水産の会長さんですから、樹さんもご存じなのでは？」

西都水産…。

「取引があったな。先代は脳溢血《のういっけつ》で倒れてたはずだ」

「ええ、それで右半身が不随になってしまったので、ヘルパーを」

春日社長なら覚えている。

おっとりとした、育ちの良さそうな爺《じい》さんだった。ならまだいいか。年寄りなら恋のライバルにはならないだろうし。

「いつまで行くんだ？」

「最低二週間は。下の娘さん夫婦が日本に戻ってらしたら同居なさるそうなので、それまでの間ということでしたから」

二週間…。

「最低ということはもっと延びる可能性もあるんだな？」

「はい。娘さんのご主人の仕事次第なので」

俺は料理を口に詰め込みながら考えた。

相手は老人。二週間は俺的には長いが、ゴネるほどの長さではない。

「わかった、気を付けて行ってくるといい」

ここはそう言った方がいいだろう。

「はい」

「週末が潰《つぶ》れるのは残念だがな」

最後に本音を口にすると、波間は戸惑うような視線を向けた。

「今週だけだったんですか？　もう出掛けられないんですか？」

俺と一緒に出掛けたい、という意思表示を見て、思わずにやけてしまう。

「そんなことはない。お前のその仕事が終わったら、旅行にでも行こう。俺も少しゆっくり休みたいしな」

自分がこんなふうに他人の言動で一喜一憂する日が来るとは、思ってもみなかった幸福だった。


だが、だ。

俺は自分が思っていたよりも波間に惚れていたらしい。

歳《とし》をとってからの遊びはハマるというが、恋愛もそうだ。

純粋に、誰かを愛するということに慣れていなかった自分がやっと手に入れた損得勘定抜きの恋は、まさに『ハマッて』しまうようなものだった。

週末、波間が仕事に出て行くと、俺は自分の時間を持て余してしまった。

彼が自分のマンションに引っ越してきてから、週末は持ち帰りの仕事をしている俺の隣で彼が家事をする。

波間の生活音を聞いているだけで、ふっと零《こぼ》れる笑み。

顔を上げて確かめることをしなくても、そこに必要な者がいるという充実感に酔っていた。

彼は呼吸を読むのが上手《うま》く、こちらが仕事に一段落つけて顔を上げるだけで、いい香りのするコーヒーが差し出された。

一緒に穏やかなコーヒーブレイクを楽しみ、他愛《たわい》のない話に心を和ませていた。

だが、この週末は別だった。

朝食を終え、出て行った彼の気配が完全に消えてしまうと、突然感じる静寂。

波間が来るまでここには一人で住んでいたのだから、これが当たり前のはずなのに、扉の陰にまだ彼がいるのではないかと探してしまう。

仕事をしていても、静かすぎて音楽をかけ、音の煩わしさに消し、また静けさを埋めるためにCDを回すという繰り返し。

昼食を支度をしてから出て行くと言う彼の申し出を、仕事があるのだから気にするなと断ったのも失敗だった。

空腹を感じても、自分では作る気にならないが、外食すればしたで味気なさが募る。

波間のメシの方が美味いのだから仕方ない。

夜は九時を回ってから帰って来るので、夕飯も一人だった。

仕事中だから、一緒に酒を飲むことはもちろん、セックスもやんわりと拒まれた。

赤い頰《ほお》をして「明日の仕事に差し支えがでますから」と言われてはおとなしくするしかない。

つまり、この先二週間以上お預けということだ。

俺は基本、仕事を大切にする男だった。

だがあのバカらしいセリフ、『私と仕事とどっちが大事なの？』と言う女達の文句が、やっと少しだけわかった気がする。

比べて欲しいのではなく、ただ寂しいだけなのだと。

けれどいい歳をした男が、寂しいから仕事に行かないでくれなどと、言えるわけがない。

それでも、週末を越えてしまえば、自分も会社がある。

そうなれば自分だって忙しくなり、寂しいなんて甘っちょろいことは考えなくなるだろう。

…と、思ってたのに。

「いい格好しいなんですよ」

秘書の今井《いまい》はにやにやと笑った。

「うるさい」

月曜日の午前中。

仕事にエンジンをかけねばならないというのに、スケジュールを入れていた相手が時間の変更を連絡してきたのでぽっかりと空いてしまった時間。

どうしてこういう時にこういうことが重なるのかという暇な時間だ。

そして暇になると、考えるのは波間のこと。

今頃《いまごろ》何をしているのか、と不安になる。

なので、今井の『今日は波間さんはどうなさってるんでしょうね』という社交辞令に真面目《まじめ》に答えてしまった。

彼が仕事を再開したこと、そのせいで孤独を感じたことを。

「仕事を辞めてくれとは言えなくても、早く帰って来て欲しいぐらい言ってみたらいかがです？」

言わなければよかったと後悔しても遅かった。

普段、弱音などこれっぽっちも吐いたことのない俺のウィークポイントとばかりに突っ込まれっぱなしだ。

「仕事の邪魔になることはせん」

「でも、ハウスキーパーにしろ、ヘルパーにしろ、朝九時から夜九時までの十二時間労働はあり得ません。延長依頼があるのだとしても、基本は実働八時間が普通でしょう？　早く帰ってくれと言えば帰って来る時間は…」

「それはもう説明を聞いた。春日のジジイが夕飯を終えて、睡眠導入剤を飲ませるまでが仕事なんだそうだ」

「睡眠導入剤？」

「倒れてから動かないせいか眠れなくなったんだと。だから布団に入れる前に薬を与える。飲み忘れや、過剰摂取がないように、波間が毎晩一錠ずつ渡すらしい」

「なるほど。では、他《ほか》の者に代われと言ってみたらどうです？」

「嫉妬《しっと》丸出しでか？」

言ってから、嫉妬していると白状してしまったと後悔したが、もうここまで来るとどうでもよかった。

どうせ相手は今井だ。

「イライラして本業に支障が出ては困ります」

それに、今井の方も、受け流した。

「支障なんか出るものか」

「では営業部長とのミーティングまでにその仏頂面をもう少し何とかしてください。叱《しか》られてるのかと思って相手が萎縮《いしゅく》します」

「公私混同はしない。お前の前だから演じる必要がないと思っているだけだ」

今井は俺と波間の関係を知っている。

元々俺が怪我をした時波間を連れてきたのは彼なので、波間のこともよくわかっているし、今井自体俺が引っ張ってきた人間だ。俺の不利になるようなことはしないし、俺という人間のこともわかっているだろう。

俺達のことについても嫌悪や驚きを見せないところを見ると、もしかしたらこっちの性癖に理解があるのかも。

ひょっとしたら、そのケがあるのか？　ただ、それが俺や波間には向いていないだけで。

まあ、個人の趣味には口は出さないことにしよう。

「お言葉はありがたいですが、やはり仕事に支障は出るんじゃないですか？」

「具体的に言ってみろ。どんな支障が出ると言うんだ」

「イライラして仕事の能率が落ちるとか、です」

「そんなことあるか、ぐだぐだ言ってないで、渡す書類があるならさっさと出せ」

「パソコンに送ってありますよ」

「…そうだったな」

マウスを動かして書類を呼び出し、営業部長に会う前にチェックしておかなければならないグラフをチェックする。

数字を目で追っていると、ようやく頭が仕事モードに切り替わった。

「社長がそんなに恋愛にのめりこむなんて、予想外でしたね」

なのに今井はまたその話題に引き戻した。

「あれに代わりがいないからだ。他で代わりがきくものだったらこんなに固執しない。失ったら手に入らないものは誰だって惜しいだろう」

「失礼ながら、私には波間さんがそんなに特別には見えませんが。確かに綺麗《きれい》な顔立ちはしていますが、モデル張りとか、女性と見まごうほどというものでもないでしょう?」

その言葉に俺はにやりと笑った。

「わからないならそれでいい。あれのいいところは俺だけが知っていればいいんだ」

「…本当に本気なんですね」

「でなければ俺が他人と生活するものか」

「ですね」

俺が実家と折り合いが悪く一人暮らしをしていたことも知っているから、彼は頷《うなず》いた。詳しく話したことはないが、俺が人付き合いを面倒だと思っていたことも、気づいているだろう。その程度には優秀な男だから。

「西都水産の春日社長でしたね」

その今井が、ちょっと考えるようにポツリと呟《つぶや》く。

「うちとも取引がありましたね」

「そんなことはわかってる。だから文句も言いにくいんだ」

「では、お見舞いに行かれてはどうでしょう？」

「見舞い？」

建設的な意見に顔を上げる。

やっぱり気にしてるんですね、という顔で微笑《ほほえ》まれるから、口元が歪《ゆが》む。気のせいなのかもしれないが。

「春日会長が脳溢血でお倒れになったのは知っていましたし、入院の際にお花は贈っていたはずです。その後お話を聞かなかったので何もしてませんでしたが、自宅療養に切り替えられたのなら、ご訪問の正当な理由になると思いますが？」

「うむ…。それは確かに」

「すぐのすぐでは勘ぐられるでしょうから、もう二、三日置いてからでも、訪ねてはいかがです？もし必要だとお考えならセッティングしますよ？」

「随分優しいじゃないか」

「私は樹社長の秘書ですから。あなたの望みを叶《かな》えるのが仕事です。それに、毎日渋い顔をされていられては、こちらも気が滅入《めい》ります」

「大概失礼なことを言うな」

「当『ワイズマン』は現在樹社長のワンマン経営で成り立っています。それがいいことか悪いことかは別として、あなたの功績は大きいですから真面目な話、社長が心置きなく働けるようにすることが、会社にとっての利益だと思っています」

その言葉に嘘はないだろう。

今井は元々証券マンだったので利益には敏感なのだ。そこが気に入っているところだ。

「一度様子をご覧になれば、気持ちも落ち着かれるでしょう？」

「…そうだな」

俺は意地を張るのを止《や》めた。

自分が波間のことでいっぱいいっぱいだということを今井に隠すつもりがない以上、意地を張っても無駄なことだ。

「春日会長の容体等、詳しく調べておきます。セッティングしてよろしいですか？」

「わかった。頼もう」

「かしこまりました。では、それまでお仕事に集中なさってください」

「集中はしている」

「では、今以上に」

ムカつくが、ここは一本負けておこう。

俺はパソコンの画面に視線を戻した。

波間が自分以外の人間に、どういう態度を取っているのかを見る機会というのも面白《おもしろ》いかもしれないと思いながら。

「三号店の売り上げが落ちてるな。個別の資料はあるか？」

「すぐにお持ちします」

今は、取り敢《あ》えず自分の仕事に集中しようと。


今井は秘書として有能だった。

彼を引っ張ってきた己の慧眼《けいがん》に満足できるほどに。

翌日には、彼は春日について詳しい資料を提示した。

「退院は五日ほど前ですね。波間さんは退院の翌日から入ったのだと思います。入院中の容体は良好。ただ、右の腕に痺《しび》れが残り、右足も上手く動かないので車椅子《いす》を使っているようです」

「もう年寄りだからな」

「現在社長をしてらっしゃる息子さんは別にご自宅を構えておいでなので、別居です」

「引き取ろうとは言われなかったのか？」

もしそうなれば波間は呼ばれなかっただろうに。

「ご本人がご自宅を離れたがらなかったようです。亡くなった奥様の思い出があるので。そこで結婚して海外にいらした娘さんがご主人の仕事の都合で帰国なさるのに合わせて同居をすることに決めたようです」

「そんなようなことはあいつも言ってたな」

娘が戻れば波間は解放されるということか。

「営業の西都水産の担当の人間と少し話をしたのですが、今の社長は仕入れがあまり上手くないようですね。時々欠品がでるようです」

「だから？」

問い返すと、今井は眼鏡の奥でちょっと目を細めた。気づかないのですか、というように。

「会長の時代の方がよかった、と言ってさしあげたらどうです？　直接今の社長に言うと失礼になるから、前社長に忠告にきた、と。突然見舞いに来た理由づけになると思います」

「ああ、なるほど」

以前から親交が深かったというわけでもないのにわざわざ訪ねてゆく理由をちゃんと作ってくれたわけか。

「それでは明日の昼過ぎに予定を空けておきます」

「ああ」

もちろん、このことは波間には話してはいなかった。

波間の前では、仕事をするのもいいことだ。波間の性格からして、遠からずそうなるとは思っていた、という顔をしていた。

それもまんざら嘘ではない。

むしろ、彼が働きたいと言ったことで安心した部分もあった。

人は、金を得れば変わる。突然であっても、徐々にであっても。

その考えは今も変わってはいない。

波間だけが特別なのだ。その特別さが好きなのだ。

だから、俺の愛を得て、住む場所もあり、金も手にしていながら、まだ働きたいと言ってくる彼に、ああやはりこいつだけは変わらないのだな、という安心感は得ていた。

けれどそれとこれとは別だ。

一度彼の仕事ぶりを見れば安心するのかも知れないが、どうにも心に引っ掛かりがある。

俺だって、ジジイの面倒を見に行った先に美男美女が待ち受けていて、誰もが波間に一目惚れするだの、波間が別の誰かに簡単に心を移すだのを心配しているわけではない。

わかっている。

多分、自分が心配しているのは、彼の仕事の対象者だ。

恋愛に対しては、本気になるのはこれが初めてと言いつつも、相手を自分に引き付ける方法も、引き戻す方法もわかっている。

だが、波間に対して抱くもう一つの感情、家族としての気持ちにはどう対処したらいいのかがわからない。

彼を手放したくない。

他人と同じ空間で生活する穏やかさ。

それを長く続ける方法がわからない。

亡くなった父とも、義母《はは》とも家族にはなれなかった。兄弟もいない。

実の母とは、そんなことを考える前に死別したし、彼女とは血の繋《つな》がりがあった。

だが波間とは他人だ。

彼を抱く時には、好きだと、愛していると、抱きたいのだと言えばいい。だがただ側《そば》にいてもらいたいというもどかしいような欲望は、どう言葉にしていいかわからない。

彼のあの事細かな気遣いを、他の『客』に同じようにしているのかと思うと、嫉妬する。

自分にするように、全てをわかって、先まわりするように尽くしているのか？　その時お前はどういう顔をしている？

見ることができないから、不安が募る。

言葉では確かめることはできない。

セックスでも、確認することはできない。

一度でも見れば、安堵《あんど》するのかも知れないが、見るまではイライラし続けるだろう。

ということで翌日、俺は春日会長の家へ向かった。

朝食の席では何も言わず、そのまま出社し、午前中一杯は仕事をする。

昼食後は、当初支店の視察の予定だった。

それを今井が上手く調整し、春日の家に向かう時間を作ってくれたわけだ。

「食事制限も入っているようなので、見舞いは花と水にしました」

「水？」

「健康にいい温泉水です。仮にも食品を扱う会社ですから、口に入れるものを手土産にした方がよろしいでしょう？」

「なるほど」

「では、行ってらっしゃいませ」

よくできた秘書に見送られ、カーナビを見ながら目指す春日邸。

うちのマンションからそう遠くないところにある家は、古臭いが広大な屋敷だった。

樹の実家は洋風だが、こちらは純和風な佇《たたず》まいだ。

大谷石《おおやいし》の門の前に車を停《と》め、インターフォンを押す。

『はい、どちら様でしょうか？』

スピーカーから流れてきたのは、波間の声ではなかった。

若く、力強い男の声だ。

「『ワイズマン』の樹です」

『ちょっと待っててください』

言葉使いからして、使用人ではなさそうだ。

もしこれで使用人ならば、アルバイトか何か。いずれにしろ大した者ではないだろう。

『樹さん？　どうぞお入りください』

少し間を置いてから、許可が下りる。

「車はどうすればよろしいですか？」

『そのままお入りください。中に停めて構いませんよ』

やはり身内のようだな。

俺は乗ってきた車を門から中に乗り入れ、車止めに停車させた。

今井に持たされたアレンジメントの花とケースに入った温泉水を手に、玄関へ向かう。

「失礼します」

と声をかけてから引き戸を開けると、そこには先ほどの声の主らしい若い男が立っていた。

「いらっしゃいませ」

「…これは、どうも。あなたは？」

「春日裕一郎《ゆういちろう》の孫です。三田友貴《ともき》です」

「三田…？」

春日の孫なら春日ではないのか、というこちらの疑問を察したらしい。三田なる人物はにっこりと笑った。

「俺は春日裕一郎の四人の子供の長女の子供なんです。今の西都水産を継いでるのは伯父さんです」

子供が四人。

今井のヤツ、そんなこと言ってなかったぞ。報告が足りないじゃないか。

「それは存じ上げなくて失礼しました」

「いえ、孫と言っても同居しているわけじゃありませんから。樹さんはおじいちゃんの会社の取引先だそうですね」

「ええ」

「おじいちゃんが、よく覚えててくれたって喜んでましたよ。どうぞ、こちらです」

明るくハンサムな好青年。育ちのよさが滲《にじ》み出ている典型的なお坊ちゃまと言った感じだな。

そのお坊ちゃまに先導され、屋敷の奥へ向かう。

長い廊下を進むと、その先に藤《とう》の椅子に座った老人の姿があった。

そしてその傍らに、目的の人物だ。

「波間さん、お客様だからお茶お願いできますか」

三田の声に、波間は顔を上げ、俺の顔を視認すると軽く会釈した。

驚いていないところを見ると、先ほど三田が確認を取った時に俺の名前を耳にしていたのだろう。

俺の脇《わき》を抜けてキッチンへ行こうとする波間の腕を取る。

この時ばかりはちょっと驚いた顔を見せた。

「これは見舞いだ」

持たされた花と水を手渡すと、彼は素直に受け取った。

「アレンジメントなら、このまま飾っちゃった方がいいでしょう。水は重そうだから、俺が持って行くよ」

だがその花を三田が奪い、座敷のテーブルの上に置く。そして波間も男だというのに、『重そうだ』と温泉水の入った箱を取り上げ、彼と共に姿を消した。

…何だ、あの男は。

「樹くんがわざわざ見舞いに来てくれるとは思わなかったな」

気にはなるが、建前とはいえ見舞いに来た当の本人を無視するわけにはいかない。

「いや、実は単なる見舞いというわけでもないんです」

廊下で、午後の陽光を浴びながらのんびりとしている春日会長の姿は、以前会社で見かけた時のものとは随分と掛け離れていた。

あの時は、細身の老人ながら活気のある人だと思っていたが、今ではただの好々爺《こうこうや》だ。

膝《ひざ》の上に乗せた皺《しわ》の目立つ手も、よく見ると微かに震えている。

この老人に仕事の話をするのは多少気が引けた。

「何ですか？　怖いなあ」

俺は春日の傍らに座り、胡座《あぐら》をかいた。

「いや、大したことではないんですが…。私にとっては息子さんよりあなたの方が仕事がやりやすかったという話でもしようかと思って」

「ほう、あれはダメか？」

「ダメとは言いませんが、品揃《ぞろ》えに欠品が出てるようです」

「欠品？」

「仕入れが思ったようにできてないのでは？」

「う…む」

「あなたに現場に戻って来いとは言いません。ですが、気に掛けてやるべきですな」

「私はもうこんなですよ？」

言いながら、春日は震える手を上げて見せた。

「アドバイスは身体を使ってするものじゃない。頭はしっかりしているようじゃないですか。ご自分ができると思ったらちょっと書類を見るだけでもできますよ。ただ、息子さんは口を出されることを嫌がるかもしれないが」

「でしょうな」

「だがそれでは会社は傾く」

「…断言ですか？」

「考えることが難しい未来じゃない。取引をしていて、欠品が出れば他の会社から仕入れるしかない。他の会社が新しい取引を喜べば、他の商品に対しても欲を出し、ダンピングするかも知れない。一つ欠けるということは、他所《よそ》に付け入る隙《すき》を与えるということだ」

老人は黙ってしまった。

だがこれは親切だ。言わないでおくことの方が彼にとっては悪いことだろう。

「誰かが注意しなければならない。けれど、息子が後を継ぐような同族経営では、周囲に不興をかってでも忠告しようという人間は少ないでしょう。だったらあなたが言わなくては」

「…あなたもお父様《とうさま》の跡を継いだから、ですか？」

「俺の場合は逆ですね。周囲はわざと私のすることに反対した。歓迎されてませんでしたから。だから逆に言うべきことをわざと黙っていて失脚を狙われました」

これは事実だ。

「私にはあなたのような立場の人間がいなかった」

「私のような立場の人間？」

「実績があり、親身になってアドバイスをくれる経験者です」

「うむ…」

俺の言葉が嬉《うれ》しかったのか、意味を計り兼ねているのか、また黙る。

他人の会社のことなど、放《ほお》っておいてもいいのだが、今良好に付き合っている会社があるのならそこを大切にしたい。

新しいところを探すのは面倒だ。

それに、老人の弱り具合を見ていたら少しだけ忠告してやりたくなってしまった。

「パソコンを覚えたらどうです？　全く馴染《なじ》みがないわけではないでしょう？　…あの、さっきのお孫さんにでも教えてもらったらよろしい」

「友貴に？」

「三田、と名乗られてましたね。あなたのお嬢さんの息子さんだとか」

「ああ」

「幾つですか？　平日の昼間からここにいるということは、学生さん？」

「いやいや。もう働いてますよ。娘の嫁ぎ先も商売をやってましてな。あれはそこを手伝ってるんです。今は私を心配して、足しげく通ってくれています。あのヘルパーとも仲良くしてますし」

言ってる間に、波間がお茶を持って戻ってきた。

背後に三田を引き連れて。

「ああ、すみません。座布団もお出しせずに」

俺が老人の傍ら、廊下の板の間に腰を下ろしているのを見て、彼は運んできたお茶ののったトレーを置き、慌てて座敷の奥から座布団を持ってきて俺に差し出した。

「すまんな」

「いえ。お茶をどうぞ」

「ありがとう。春日さんの面倒を見るのが仕事なら、同席して結構ですよ」

彼は仕事中だから、敢えて他人行儀な口をきく。

「よろしいのですか？」

「もちろん」

「俺も同席していい？　お祖父《じい》ちゃん」

…お前は邪魔だ。

「ああ、いいとも」

だがこの家の主《あるじ》が許可を出せば文句は言えない。

三田は廊下に続く座敷に入り、そこにどっかりと腰を下ろした。

波間は、自分はどこに控えればいいのかと一瞬目を彷徨《さまよ》わせたが、老人の椅子の背後に隠れるように座った。

「まあ、話の続きをすれば、問題はあなたの心一つですよ」

「この歳でまだ働けとおっしゃいますか」

「言ったでしょう？　あなたの気持ち一つだと。私には他所の会社に口を出す権限はない。ただ親切で忠告しているだけです」

「何の話ですか？」

三田は座敷から声を掛けてきた。

空気を読まないでしゃばりなタイプだな。

「あなたのお祖父様が、在宅で会社のアドバイザーになればいいと進言したんですよ」

だが春日と波間の手前、この男を無視するわけにはいかないので、素直に答えてやる。

「お祖父ちゃんはもう隠居したんですよ？　身体だってゆっくり休ませてあげないと」

親切ごかしたそのセリフにイラッとする。

「あなたが口を挟む問題ではない」

お前はそれで親切にしたつもりかも知れないが、取引先の人間と仕事の会話をしている最中に、身内面して見当違いな意見を口にするような人間には、気を使ってやる必要もないだろう。

だが、この男、プライドは高いようだ。

「俺がその人の孫でも？」

目付きが変わり、挑むような視線になる。

「仕事は子供も孫も関係ない」

みっともなく喚《わめ》けばいい。

自分の立場を血族だというだけで主張すればいい。ぬくぬくと育った甘ちゃんは好きではない。お坊ちゃまの甘さを露呈させればいいのだ。

だが彼は堪えた。

「そうですね。あなたの言う通りだ。仕事には子供も孫も関係ない。出過ぎた真似《まね》をしました」

残念だ。

「でも、仕事から離れた立場から言わせていただければ、おじいちゃんをこれ以上働かせるのは好ましくないと思っていることはお伝えしておきますよ」

「私に言われても。決めるのは春日さんですから」

こんなボンボンより、俺の興味は波間の方だ。

俺が話をしている間、波間は一言も話さなかった。

当然なのだが、だからと言って何もしなかったわけではない。

彼は背後から春日老人に手を貸して茶を飲ませていた。

利かない腕をサポートして、ゆっくりと湯飲みを口に運んでやり、さりげなく口元を拭《ぬぐ》う。一連の動きはスムーズで、厭味もない。

彼は今、真摯《しんし》にこの老人に尽くしているのだ。

春日老人のために、彼が一番いいように。

彼には家族運がなかったから、労《いたわ》るような愛情は真実のものだろう。そう思うとやはり妬《や》ける。この瞬間、彼は俺のことよりもこの老人のことを考えているのだろうと。

「…長居をしても、お身体に触るでしょう。その件でまた伺いますよ。春日さんが興味があるなら」

「そうですな…。ええ、またいらしてください。それまでに少しは考えておきます。動けない身体になったら、確かにパソコンができるといいでしょうし」

言ってから、彼はふっと気づいたように波間を振り返った。

「波間くんは、ひょっとしてパソコンも教えられるのかな？」

波間はその問いに控えめに頷いた。

「はい。簡単なことでしたら」

「それなら、波間くんに習うか。いや、樹さん。こちらは優秀なヘルパーさんでねぇ。何でもできるんですよ」

「存じてます」

「知ってるんですか？」

「以前私もお世話になりましたから」

本当は俺のものだと言いたかったが、我慢した。世間体というものがわかっているので。

俺の、ではない。波間の、だ。

彼がまだ仕事を続ける気持ちがあるのならば、同性愛者だと知られない方がいいだろう。彼のクライアントである老人達は頭が古いだろうから。

「あなたみたいな若い方が？」

「交通事故で怪我をしましてね。その時に」

「ああ、そうですか。それは大変でしたな」

「いえ、彼のお陰で快適でした」

「そうでしょう。彼は本当にいい子で、孫みたいです」

春日老人は波間を振り向き、笑った。応《こた》えて波間も嬉しそうに微笑む。目と目で会話するように。

「本当のお孫さんがいらっしゃるでしょう？」

「いやいや。波間くんに世話を頼むのは二度目なのですが、前の時にはこれは海外に行ってましてな。今回はその埋め合わせなのか、毎日のように来てくれてますが」

…毎日のように、ね。

「よかったですね。私など、母の元に通いたくても仕事が忙しくて」

チクリとした厭味に、三田は気づいただろうか？

だが振り向いてその表情を確認する気にはならなかった。

「樹さんのところにも、ヘルパーで行ってたんですか？」

確認せずとも、俺の言葉を無視して波間に問いかける声を訊けば、気づいていないか、気づいていても大して苦にしてないとわかる。

「いえ、樹様のお宅ではハウスキーパーとしてお世話させていただきました」

樹様、か。

仕事場だから当然の呼び方なのだが、微妙な気持ちだ。

「それじゃ、お祖父ちゃんとの契約期間が終わったら、うちに来ません？」

…何だと？

「俺、波間さんを気に入ったから、是非来て欲しいな」

「残念ですが。波間くんはもう次の仕事が決まってますよ」

この男を意識したわけではないが、こんな男の下に波間を通わせたくないから、咄嗟《とっさ》に口を挟む。

「え？　そうなんですか？」

一瞬、波間の視線が泳ぐ。

「私の母のところにお願いしてるんですよ。ねえ、波間くん」

視線で、同意しろとサインを送る。

察しのいい波間はそれだけで納得した。

「…あ、はい」

「はは…。友貴、無理だよ。波間くんは優秀だから、そう簡単には頼めないよ。私だって以前のことがあったから、無理を言ってお願いしたんだし」

嘘臭いとは思ったが、春日老人のサポートがあって、三田の口を塞《ふさ》ぐことができた。

「でも友達にはなれるでしょう？」

…と思ったのに、このボンボンは。

「波間さん、今日の仕事終わりは何時です？」

「え？」

「いや、思い出したついでに、もう一度そのことについて話をしたいから、迎えに来ますよ」

「でも…」

「もちろん、ちゃんと春日さんの仕事が終わってから、ですよ。春日さん、彼は何時頃仕事が終わられますか？」

「うん？　ああ、九時には終わるが…」

「じゃ、九時にお迎えに上がりますよ」

波間は少し戸惑ってから、にっこりと笑った。

「かしこまりました。それでは九時に」

「では、私はこれで」

立ち上がった時に振り向くと、思った通り三田は不服そうな顔をしていた。色々とやり込められて不満なのだろう。

だがそんなものは無視だ。

「玄関までお送りいたします」

そう言って波間が立ち上がると、たった今無視したその三田がそれを制した。

「いいよ、うちのお客様だから俺が送る。波間さんはお祖父ちゃんに付いてて上げて」

おや、少しは礼儀を通そうというつもりがあるのかと見直したが、それは間違いだった。

長い廊下を戻り、玄関まで来ると、三田は靴を履く俺に向かってケンカを売った。

「波間さんはあなたのものじゃないんですから、仕事場にいらっしゃるのはどうかと思いますよ」

一瞬、俺と波間の関係に気づいたかと思わせるようなセリフだ。

「どういうことです？」

「…別に」

何だこいつ。

「俺はプライベートで彼と親しくなるつもりだからいいですけど」

「はあ？　何のことです？」

「いいえ、何でもないです。今日はお祖父ちゃんのためにわざわざありがとうございました」

「…いいえ。どう致しまして」

なるほど。

この男、波間に惚れたか。

どっから見ても金持ちのボンボンでは、波間の慎ましやかな態度や優秀さに心惹かれるだろう。

だがこの目は、友人を理不尽な客人から守る目ではない。恋をしている目だ。

「お友達になれるといいですね」

俺はにやりと笑って見せた。

「では失礼」

軽く会釈して、さっさとその場を去った。

くだらない。

波間があんな男に心を移すものか。

しかも、親の脛《すね》を齧《かじ》ってるような男など、ライバル扱いする必要もない。

だが、波間の周囲をウロチョロされるのは業腹だった。


「三田友貴。三田運輸の社長の息子です。年齢は二十七歳。おっしゃる通り生まれながらのお坊ちゃまですね。幼稚園の時から私立の名門校で、優秀な成績で大学を卒業しました。その後、社長研修の名目で三田運輸に入社しています」

あんな男、どうでもいいが、視界に入ってくるのならそれなりに下調べは必要だ。

だから俺は帰社すると、すぐに今井にあの男について調べさせた。

「性格は明るく、気さくで、男女ともに友人は多いですね。一昨年《おととし》から去年まで、リサーチということで東南アジアへ出張していましたが、自分探しの旅だと周囲には言っていたようです」

「遠くまで出掛けなければ自分すらわからないというのはバカだな」

「…まあまあ」

「それで？　決まった相手はいないのか？」

「恋人はいたようです。ですが、一年間の海外研修の前に別れたようです」

「待っててもらえなかったわけだ」

「ご自分から別れたのかも知れませんよ？」

「どうだかな」

「現在は三田運輸の企画開発部に籍を置いてますが、親に言われて次女が戻るまで春日会長の面倒を見ているようですね」

「会社の仕事に支障はないのか」

「西都水産は三田運輸のお得意様です。ある意味顧客サービスみたいなものですよ」

「上手くしたもんだ」

ことごとく、自分とは違う青年だ。

苦労を知らず、ぬるま湯の中にいる。

褒められたことではないが、『ワイズマン』で俺が現場を離れたら、仕事に支障が出るだろう。せっかく収まった内紛騒ぎが再燃するかもしれない。

家族を手にし、身分を手にし、自由と金も手にしている。そしてそれが当たり前で、簡単なことだと思っているのだ。

「気になりますか？　ライバル登場で」

「ライバル？」

今井の言葉に、俺は鼻先で笑った。

「相手にもならん」

「にしては気にしてらっしゃる」

「対峙《たいじ》する人間の下調べは当たり前だ。どんな小さな取引先だって調べさせるだろう？　くだらんことを言うな」

「失礼しました」

三田など相手にしていない。

これは本当のことだ。

波間が簡単に男に恋をするとは思っていない。もしそうならば、とっくにあの身体は他人のものになっていただろう。

そして一度俺の恋人となったからには、他に簡単に心変わりをするわけもない。

俺が心配しているのは、あんな若造ではなかった。

今日、春日邸に行って、そのことを確認した。

俺が気に掛けるべきは、春日老人だ。

もちろん、波間があの老人とどうにかなると思っているわけではない。

波間と俺は似ている部分がある。

それが家族運の無さだ。

彼は早くに両親を亡くし施設で育った。

彼がクライアントに大して誠心誠意尽くすのは、恐らくその寂しさを埋めるためだろう。

俺も母を早くに亡くし、樹の家に引き取られたといっても、彼等《かれら》との関係は良好なものとは言えなかった。

家族愛など感じたこともない。

そのことで寂しさを感じたことはないが、だからこそ、今手に入れた波間を手放したくなくて、怯《おび》えている。

恋では心が動かなくても、思い遣《や》りでは心が動くかも知れない。

真摯に尽くしている老人に何かを頼まれたら、きっぱりと断ることができないかもしれない。

たとえば縁談とか…。

そんなことはないと信じてはいるが、不安が残る。

それを払拭《ふっしょく》するために春日邸を訪れたのに、目の前で微笑み交わす二人を見ていると、その不安が増大してしまった。

春日老人には三田という実の孫がいる。

他にも内孫、外孫合わせれば何人もいるだろう。

だがあっけらかんとして、用事がなければ寄り付かないような孫よりも、何を置いてでも自分のために働いてくれる波間の方が、春日老人にとっては大切に思えるのではないだろうか？

だから、彼は孫を頼まず、波間を呼び寄せたのではないだろうか？

今まで波間にそれなりの財産を遺《のこ》してくれたクライアント達は、皆そういう想《おも》いだったのではないだろうか？

今まではいい。

不謹慎だが、既にクライアント達は亡くなっている。

けれど春日老人は生きている。心配する必要がある程度に老いて、弱っていながら、波間を望む程度には元気で。

それが不安だった。

俺と波間の関係が知られたら、頭の硬い老人は、そんな未来のない恋愛は止めなさいと言うかも知れない。

泣き落としでこられたりしたら、波間はどうするだろうか？

誰にも言えなかった。

自分にこんな弱い部分があるなどと。

仕事が終わって夕飯を食うと、俺は車で再び春日邸に向かった。

宣言通り、波間を迎えに行くために。

昼間と同じように門の前で車を停め、インターフォンを鳴らす。

『はい』

昼間より無愛想になった三田の応対。

ガキだな。仕事のために感情を抑えることができないなんて。

「樹です。波間くんを迎えに上がりました」

『…ちょっと待ってください』

意地悪のつもりなのだろう、そのままインターフォンは沈黙し、三田も波間も出て来なかった。

五分ほど経《た》って、やっと玄関が開き、波間が姿を現す。

「樹さん」

波間は、驚いたように俺の名を呼んだ。

「ああ、いけない。言うの忘れてた」

その背後で三田の声がする。

「ごめんなさい。波間さんがお祖父ちゃんと話してたから、終わってから言おうと思ってたのに」

俺は門の中に入り込み、玄関先まで波間を迎えに行った。

「ボーヤは礼儀も仕事もできないボンクラだな」

もちろん、三田に厭味を言うためでもある。

「ボンクラとは失礼でしょう」

屋内の明かりを背に、三田のムッとした顔が見える。

「たかがインターフォンの取り次ぎができないようでは、言われても仕方がありませんよ。私はあなたのお祖父さんや伯父さんの取引先の人間だ。それを外に立ちっぱなしで待たせるような非礼をしたんですから」

「遅いと思ったら、もう一度鳴らせばいいでしょう」

「待ってたんですよ。まさか子供の使い以下の頭しかないと思わなかったもので」

俺は、わざと波間の背に手を回した。

「じゃあ行こう」

春日老人には勘ぐられたくないが、この男にはどう思われても構わない。

俺が波間にちょっかい出しているという程度なら、春日老人に上申されても構わない。それで老人が波間に気を付けろと言っても波間が笑い飛ばしてくれる。

もし俺と波間の関係を疑っても、こいつに下心がある限り却ってそれを誰かに言うことはできないだろう。

そうなれば攻撃対象に波間も入ってしまうから。

「意地が悪いですよ」

車に乗り込むと、波間はシートベルトをしながら俺を睨《にら》んだ。

「意地が悪いのはあっちだろう。これで雨でも降ってたらどうする」

それを無視して車をスタートさせる。

「友貴さんの言う通り、もう一度呼べばよかったのに」

「ああいうお坊ちゃまは誰かが怒ってやらないとな。大方、俺がお前を迎えに来たのが気に入らなくて、ワザとやったんだろう」

「そんなこと」

「それじゃ、あの坊やが本当に来客を忘れてしまったと？」

波間は反論しなかった。

「自分のお気に入りの相手に、俺が近づくから、ムカついてるんだろう。子供じみた嫌がらせだ」

「子供って、そんな年下じゃありませんよ。私より年上です」

「精神年齢が低いヤツは坊やで十分だ。あいつのこと、三田と呼ばないんだな。なぜ下の名前を？」

「三田さんがそう呼んでくれと。春日さんが『友貴』と呼ばれるので」

「ふぅん」

見え見えだな。

行動にひねりがないというのは、ひねる必要のない生活をしてきたということだ。つくづくぬるい生活を送ってきたわけだ。

「あの…」

「何だ？」

「ひょっとして、妬いてたりしますか？　いえ、そんなわけはないと思いますが…」

遠慮がちに訊く彼をちらりと横目で見る。

困ってる、というより少し期待してるようにも見える。

可愛いな。

嫉妬というか、ヤキモチを妬かれたことがないんだろうか？　よく、好かれてることが確認できるから嫉妬されるのも嬉しいという女がいたっけ。

「どうかな？　だが恋人が他の男を下の名前で呼んだり、庇《かば》ったりするのは面白くはないな」

試しにちょっと肯定してみると、波間は慌てて身体ごとこちらに向いた。

「庇ったわけじゃありません。樹さんならちゃんと考えつくのに、わざと意地悪してるから…」

「俺が意地が悪いって？」

「だって、あれはわざとでしょう？　他人の見ている前で叱るなんて」

「怒ってたんだ。軽んじられて」

「嘘ばっかり」

「じゃ、お前にちょっかい出されて」

「樹さん」

波間がまた照れる。

「私が好きな人は一人だけです」

それはわかっている。

疑ったりはしない。

だがこの会話と彼の態度は面白かった。

「わかっていても、ジェラシーってのはどうにもならないだろう？　俺がもし他の男や女とベタベタしてたらどうする？」

「…いやです」

心の中で、思わずにやける。

「仕事だ、愛してるのはお前だけだと言っても？」

彼は考えるように黙り込み、間を置いてから小さな声で呟いた。

「…あまり歓迎はしません」

なるほど、嫉妬されるのは気分がいいな。

「あの男と、あまり親しくするなよ？」

「仕事なんですから無理です」

「じゃあ戻ったら俺にサービスしろ」

「何をすればいいんです？」

抱きたい、と言いたかったが仕事中ではそれも無理だろう。徒《いたずら》に彼に色気を足してあのバカの前に差し出すのも何だし。

「一緒に風呂《ふろ》でもどうだ？　出掛け損ねたから」

「中で変なことをしないのならいいですよ」

「それじゃ諦《あきら》めよう。裸のお前を前にして我慢は無理だ」

「樹さん」

狭い車内。

誰にも邪魔されない二人きりの密室。

これもまた悪くはないな。

「このままドライブはどうだ？　どこかでコーヒーの一杯でも飲むか？」

「お母様のところへ行かれるんじゃないんですか？」

「あれは嘘だ。お前があの男に雇われるのが我慢できなかったから」

「どこまで本気なんだか…。それなら、ちょっと寄っていただきたいところがあるんですけど」

「どこだ？」

「薬局と洋品店です」

「薬局と洋品店？　色気のない場所だな」

「色気はありませんよ。春日さんの物を買うだけです」

「春日の？」

「ええ」

ハンドルを握る手が、ピクッと震える。

「こんな時間に開いてる店があるのか？」

「遅くまで開いているところがあるんです」

「ふうん…」

俺は運転手か。

「肘《ひじ》が痛むというので、サポーターを買いたいんです。それと、靴が履きやすいズボンも。リハビリをすれば一人で歩けるようになるんです。杖《つえ》をついてですけど」

波間の声が軽やかに弾む。

「サイドにファスナーのついたズボンなら、足を通すのが楽になるので、一人で着替えできるようにもなるでしょうし」

「…そんなのもあるのか」

「ええ」

ズボンに興味はない。

だが質問しなければ、そんなものどうだっていいだろうという本音が出てしまいそうだから、ごまかしのためのものだ。

けれど彼は俺がそれに興味を持ったと思ったようだった。

「暫くは車椅子での移動になるでしょうが、やはり自分で歩けるようになった方がいいと思うんです。お一人で出掛けられるようになれば、心も強くなられるでしょうし、もっと元気になりますよ」

「…ああ」

三田のことなど、俺に語ろうとはしなかった。

だが春日老人のことは嬉しそうに口にする。

「今日、樹さんがいらしてパソコンを使って在宅で仕事をしてはどうかと提案したでしょう？　少し興味を持たれたみたいですよ」

それが俺の心に影を落とす。

そんなにあのじいさんのことが気にかかるか？

赤の他人のじいさんのことが、大切か？

「三田は反対してただろう」

俺とのドライブを楽しむ前に、じいさんの買い物か？

「ええ、でもあの後話をしたら、乗り気になって、私と一緒にパソコンを教えてくださることになりました」

それはじいさんのためじゃなく、お前と会う口実だな。

「またいらっしゃるんでしょう？」

「ん？」

「春日さんのところ」

「ああ。約束したからな」

「今度は先に教えてくださいね。今日は驚きました」

「今井がスケジュールを管理してるんだ、突然だったのさ」

嘘だ。

だがお前の仕事ぶりが見たかったなんて真実は口にできない。

「いらっしゃるのは仕事ですけど、お迎えは口実だったんでしょう？」

「…ああ」

「ではもうこれきりにしてください」

「どうして？」

「春日さんが気にしてました。次の予定が入っているのなら、早く解放してやらなくては、って。私はあの方がちゃんと歩けるようになるまで支えてあげたいんです。それが仕事なんです」

「邪魔をするなってか？」

「そうではありません。イタズラはしないでくださいと言ってるんです」

やっぱり、という気持ちが溢《あふ》れてくる。

三田にケンカを売ったから来るなとは言わない。あの男が怒ったから来るなとも言わない。

そのこと自体は注意を受けたが、だから俺にどうこうしろとは言わない。

だが、春日老人に対しては、老人が来るなと言ったわけではなくとも、彼が気にするから遠慮して欲しいと言う。

仕事なのだから当たり前、ということは理解できた。

三田はクライアントではなく、春日老人はクライアントだから、と。

けれどそれで納得できない部分が残ってしまう。

「樹さん？」

「何だ？」

「いえ、黙ってしまったから…」

「運転中だからな。集中しているだけだ。何せ俺は一度事故ってるから」

軽口を叩《たた》いてごまかす。

人の気持ちを察するのが上手い波間に、この気持ちだけは気づかれないようにと祈りながら。


家族というものはどういうものなのか。

真面目に考えるヤツなど殆《ほとん》どいないだろう。

俺だって、そんなことを真面目に考えたことなどなかった。

母親と暮らしている時、それはあって当然のものだった。意識する必要などなかった。

朝起きればそこにいるし、学校に行って帰ってくればいるし、眠る時にも気配を感じる。

空気を呼吸し、それで生かされていながらも、空気のことを意識する人間がいないように、生活に密着し過ぎて分析する必要もなかった。

母が亡くなり、樹の家に引き取られてからは、俺に家族はいなかった。

樹の父も、義母も、俺にとっては保護者ですらなかった。保護してくれていたわけではないので。

強いて言うなら、試験官だろうか？　俺が樹の家に相応《ふさわ》しい子供かどうか、養育するに値する人間かどうかを吟味する。

父が亡くなり、俺が無事『ワイズマン』の社長となってからは、樹の家に戻るのは何か用事ができた時だけだ。

樹の家には親族もいた。

だが彼等は俺にとって完全に敵だった。

彼等が欲していた社長の椅子をかっさらった俺を、彼等は憎んでいたと思う。

俺は俺で、望んでもいなかったものを押し付けられ辟易《へきえき》しているのに、それを奪おうとしてくる連中に嫌気がさしていた。

彼等が優秀であったならまだいい。

それならば自分が必要ではないものを譲るくらい、何でもないことだ。

だが彼等は無能だったので、彼等に渡すくらいなら俺がやった方がマシだと思って、頑《かたく》なまでに譲らなかった。

だから今でも、樹の親戚とは親交はない。

家族、というものを意識したのは波間と知り合ってからだ。

家に人がいる。

その気配がある。

それだけで口元が綻《ほころ》ぶ。

こんな感覚は何年ぶりか。

いなくなれば寂しく、いれば安らぐ。そういう存在がとても大切なのだと知らされた。

それだけではない。

折り合いの悪かった樹の母のことも、今では家族のようなものかも知れないと感じるようになれたのは波間のお陰だ。

彼が、義母の名を借りて俺に金を貸してくれた時、どういうつもりかと乗り込んで、彼女の気持ちを初めて知った。

愛せないが憎いわけではない。

そう言った義母の言葉は、嘘偽りのない真実だった。

俺が樹の名を名乗っている以上、この女と縁が切れることはない。

彼女が亡くなれば俺が葬式を出し、もし俺が亡くなったら彼女がそうするだろう。互いの持ち物を譲渡する相手なのだ。

今も仲良くなりたいとは思わないが、それなりの付き合いはできるようになった。

これも波間のお陰だ。

何も持っていない時は、何かを失うことが怖いと思ったことはなかった。

だが手に入れてしまうとそれが怖い。

樹の義母も、長生きすればいいと思う。

波間は…。

絶対に失いたくない。

なのに、俺はそれを彼にどう言ってやればいいのかがわからない。

愛していると言うのは簡単だ。

好きだとか、抱きたいとか、一緒に暮らそうというのも簡単だ。

だが、自分でも上手く捕らえられない仄《ほの》かな気持ちは、どう言葉にすればいいのかわからなくて、伝えられない。

家族になってくれ、なんて男同士では虚《むな》しくアホらしいセリフだ。

だから、俺の心の奥に落ちた影はいつまでも消えることがなかった。

朝起きて、波間の作った食事を一緒に食べて、それぞれ仕事に出る。

幸いなことに、ぼんやりしていられるような立場ではないから、仕事の最中はくだらないことを考える暇はない。

だが、定時で仕事が終わり、会社を後にし、一人の部屋へ戻ると、その暗さと冷たさに疲労を感じる。

ああ、あいつはいないのか、と。

同時に、俺がこう感じている時、あいつの頭の中はあのジジイのことでいっぱいなんだな、と思ってしまう。

小さな子供になった気分だった。

だがそんなこと、みっともなくて誰にも言えない。

「一度様子を見に行って、落ち着いたようですね」

今井はそう言って笑った。

だがそうじゃない。

悩みが深刻過ぎて他人に言えないだけだ。

お前に言っても仕方がないと思っているだけだ。

波間は、何となくおかしいと気づいているようだった。

だがそれが何なのかはわかっていないらしい。

「まだ友貴さんのこと、気にしてるんですか？」

と訊く始末だ。

けれど俺にとってその誤解はいいカモフラージュだった。

「我慢してるんだから、文句は言うなよ」

さも、あいつとの仲を嫉妬しているかのように口にする。

波間は、どこか違和感を覚えていたかもしれないが、人の気持ちを読むことが上手くても、恋愛経験の乏しい彼には俺の真意はわからなかった。

「怒らないでくださいね」

「あいつとのことか？」

「いいえ。…そんなふうに執着されることが嬉しいと思ってしまうことを」

「バカだな。執着するに決まってる。お前が好きなんだから」

抱き寄せてキスしても、この心の隙間は埋まらない。

どうしたら、何をしたら、満足するのか、自分でもわからない。

「明日、また春日の家に行く」

「明日ですか？　わかりました」

「だが驚いた素振りはしろよ？　でないとあの坊やが変に勘ぐる」

坊やではなく、春日老人が。

そしてあの老人がお前に何かを言う危険を回避したい。

「また坊やだなんて。わかりました。知らなかった顔をします」

ぐちゃぐちゃになるまで抱いて、俺でいっぱいにしてやれば、少しは落ち着くのかも知れないが、仕事中ではそれもできないから、余計にもどかしさを感じるのだろう。

「ではお前も怒らないでくれよ。早く仕事が終わるか休みになるかして、お前を抱ける日が来るのが待ち遠しい。キスとハグだけじゃ、小学生並で物足りない」

　ほら、こんなことなら簡単に言える。

「小学生ですか？」

「今時は中学生でもするヤツはしてる」

「そっちの方が特殊ですよ」

「そうか？」

「あなたの過去が知れますね」

「中学の頃は真面目だった。親のために優秀な成績を上げなきゃならなかったからな。だが友人に経験者がいたのは知ってる」

「呆《あき》れた」

　それでも、彼は俺が望んでいることに気づいてキスをくれる。

　腕を伸ばして、体温を分け与えてくれる。

　こういう他愛のない会話を楽しんでくれる。

　だから俺の抱く不安は杞憂《きゆう》なのだ。

　手に余る幸福に戸惑っているだけなのだ。

　そう自分に言い聞かせた。

そう思おうとしていた。


翌日、俺は再び春日邸に向かった。

純粋に仕事として。

平日の昼間にしたせいか、三田の姿はなかった。

「いらっしゃいませ」

代わって俺を迎えたのは、波間だった。

朝、自分を送り出した人間が、別の人間の家で俺を迎える。『いらっしゃいませ』という言葉が、彼がこの家の人間であるように感じさせる。

「今井さんからお電話があったので、春日さんがお待ちですよ」

『お待ち』という言葉も、何か嫌だ。まるで小姑《こじゅうと》のように細かいことに引っ掛かる。

波間に案内されると、今日は春日老人はリビングのソファに座って待っていた。

「やあ、いらっしゃい」

この間来てから、まだ一週間と経っていないのに、血色がいい。

服も、アイロンのかかったシャツを着て手の震えは治っていないが、背筋は延びている。あのシャツにアイロンを当てたのは波間だろう。

「お加減、良さそうですね」

と言うと　彼は誇らしげに頷いた。

「うむ、波間くんのお陰だな」

「波間くんですか？　お孫さんではなく？」

「友貴の顔を見るのは嬉しいが、あれは何ができるわけでもないからな。仕事のことから言えば部外者だし」

「それは波間くんも同じでしょう。西都水産の社員ではないんですから」

「だが他の会社の人間でもない。彼は私の会社に損得勘定があるわけでもない。友貴にヘタな事を言うと、三田運輸に色々突っ込まれるからな」

「実のお孫さんより、ヘルパーさんですか」

嫌だ。

嫌だ。

自分が嫌だ。

こんな些細《ささい》にことに苛立《いらだ》つなんて。

「本当に、ここだけの話、彼を引き取りたいと思ったぐらいだよ。優しくて、誠実で、波間くんは本当の孫以上に孫らしく感じるよ」

「そんなことを言うと、三田くんが嫉妬しますよ」

「そうだな。だが…、笑わないで欲しいんだが、時々、孫というより亡くなった妻を思い出すよ」

「奥様？」

「うむ。控えめでおとなしい女性だった。茶を淹《い》れるのが上手くてな。波間くんはそれと同じ味が出せる。背後に立たれると、まるであいつが立ってるみたいでなあ」

愛《いと》おしそうに目が細められる。

そこへ波間が入ってきた。

「お茶です」

古いこの屋敷に溶け込んだ姿。

「お茶うけに、三橋《みつはし》様からいただいた最中《もなか》をお持ちしました」

「三橋くんからそんなもの受け取ったかな？」

「あの時えんじ色の風呂敷包みをお持ちでしたでしょう？　あれが最中だったんです。これなら小ぶりだから、一つぐらいでしたらお食事には響かないですよ」

喋る時、波間は老人の顔を覗《のぞ》き込むようにした。

小首をかしげるようなそのポーズは、甘えて膝に頭を乗せようとしているみたいに見える。

春日老人の手が、その頭に伸びて軽く撫《な》でてやる。

波間はちょっと驚いたように肩を揺らしたが、すぐに微笑み返した。

「それで、この間のことですが」

二人が作る空気を壊すように声をかける。

「考えていただけましたか？」

二人は弾《はじ》かれたように身体を離した。

春日は俺に視線を戻し、波間は立ち上がる。

「いや、波間くんがね。少し会社のことを考えた方がリハビリになるんじゃないかと言ってね。この間からパソコンを教えてもらってるんだよ」

二人はとてもいい雰囲気だった。

まるで本当の祖父と孫のように。

「元々お使いになれるんですよね？」

だから許せなかった。

「うむ。だが細かいことはね」

「お孫さんは？」

「いや、友貴も教えてくれとるんだが、どうにも雑で」

「まあヘルパーさんは人に優しくするのが仕事だから」

あなたが受け取っている誠意は彼の仕事だ、と厭味を言う。

「素人と比べてはいかんか」

だが老人は意にも介さず笑った。

「それもそうだ」

自分が、こんなに心の狭い人間だと思わなかった。

「いや、まあそんなわけで、少し気に掛けてみようかとは思ってますよ」

「そうですか」

「息子は煙たがるでしょうが、なに、ボケないように少し一緒に考えさせてくれと頼んでみるつもりです」

確か以前波間が言っていたな。

自分には祖父という感覚がなくて、クライアントである老人に優しくしたところ、一番最初に彼のために何かを遺そうと言ってくれたのがおじいさんだったと。

それを嬉しかったとも言っていた。

まるで本当の孫のように思ってくれたのかと喜んだと。

では彼はいつもこんなふうに相手に接するのだ。

「そうですね。それがいいと思います」

恋愛よりも始末が悪い。

嫉妬しても、咎めることができないから。

「では、こちらで少し調べてみた資料です。うちの秘書が調べてみたんです。そちらの商品の欠品状況です」

彼はそれを手を伸ばして受け取った。

目を細め、書類に視線を落とす。

「波間くん。ちょっと眼鏡を頼む」

彼の声に、離れていた波間の返事が届く。

「はい」

すぐに波間は眼鏡を持って戻ってきた。

「お読みしますか？」

「いや、いいよ。少しは自分でやらんと」

「そうですね」

「仕事の話なので、部外者の方には席を外していただいた方がいいんじゃありませんか？」

「うん？　ああ、そうだな」

意地の悪いセリフ。

波間は傷ついただろうか？

これが嫉妬だと気づいただろうか？　それとも、彼を邪魔にしたと誤解しただろうか？

けれど、そんなもの後でいくらでも執り成すことができるのだから、いい。今は、二人が本当の身内のような空気を醸し出すことが止められれば。

波間に席を外させると、俺は春日を煽《あお》るような言葉ばかりを並べた。

「あなたが息子さんに遠慮するのはわかりますが、会社は春日親子だけのものではありませんよ」

「同族経営では忠臣が育ちにくい。あなた以外に誰が社長に意見できると思いますか？」

「春日さん、あなたはまず会社のことを考えるべきだ」

「息子をここに呼んで、一緒に食事でもしながら話してみたらどうです？」

矢継ぎ早に投げかける言葉。

内心では、あなたは何より会社のことを考えてればいい。

波間と二人きり、こんな屋敷に閉じ籠《こ》もっていては、波間の良さを実感し、彼を本気で可愛いと思い出してしまうだろう。

そうすれば、彼に結婚の世話をしたいとか、引き取りたいとか言い出すに決まっている。

そうなる前に、彼のことは視界から外せ。

あなたには子供がいる、孫がいる。

波間と疑似の家族関係を築く必要などないだろう？

息子をここへ呼べと言ったのも、二人を邪魔するためだ。

「会社で意見すると社員の目もありますし、いかにも仕事に口を出してますというふうに受け取られますから、話し合いはここでの方がいいと思います」

なんてもっともらしいことを言いながら、実際考えているのは違うことだ。

息子がここへ来て、波間に入れ込んでいる様を見たら、きっと二人を引き剝がそうとするだろう。

春日老人にはまだ個人名義の資産が沢山残っているはずだ。この屋敷のような。

それをどこの馬の骨ともわからないヘルパーに奪われては大変だと、息子に思わせたいのだ。そしてそいつが波間の首を切ってくれることを期待している。

そのことで、波間が傷ついても、自分がいる。

自分がいくらでも戻ってきた波間に優しくしてやる。

「力はお貸ししますよ。西都水産さんとは長い付き合いですから」

おためごかしのセリフを並べて、俺は波間を取り戻そうとしていた。

それが自分でも、醜いことだと感じていながら。

「春日様、友貴さんが見えられましたよ」

伝えに来た波間の背後から、頭半分大きなシルエットが現れる。

「お祖父ちゃん、美味《おい》しいリンゴ持ってきたよ」

手に提げた紙袋を持ち上げて見せ、俺に気づくと顔を顰《しか》めた。

「これ、友貴。お客様だぞ」

「仕事の話をしている最中に、随分元気な来訪ですな」

別にこんなものが一匹や二匹同席しても関係ない。だが八つ当たりで、俺は彼に冷たい言葉を投げ付けた。

「いやはや、お恥ずかしい」

「いえ、まだ若い証拠でしょう」

どんなに苛立っても、春日をいたぶるわけにはいかない。波間の気持ちが老人に向いているから。

だがこの男になら『嫉妬したんだ』で済ませられる。

「友貴、少しあっちに行ってなさい」

それに、不快な感情を顔に出してしまう三田の様を見ると、少しは胸がスッとした。

「はい」

「ああ、三田さん」

「…何です？」

俺はにっこりと笑って彼に挨拶《あいさつ》した。

「お邪魔しています。ご挨拶が遅れまして」

「…どうも」

意味を計り兼ねるという顔で、会釈をし、部屋から彼が出て行こうとしたが、その背中がまだ見えるうちに聞こえよがしに春日に忠告した。

「来客には挨拶することを覚えさせた方がよろしいですよ。彼を社会人として育てるおつもりなら」

大きな背中がピクリと震える。

「いや、申し訳ない。よく言い聞かせておきます」

きっと今、腸《はらわた》が煮えくり返っているだろう。

だが俺はお前の来訪を歓迎はしているぞ。

お前がいれば、少しは春日の気持ちがお前にも向くだろうし、徒労に終わる恋のアプローチで波間と老人の、二人だけの時間を邪魔してくれるだろうから。

「それでですね…」


「また苛めましたね」

夜になってマンションへ戻ってきた波間はそう言って上目使いに俺を見た。

「何のことだ?」

ソファに座って一服していた俺は、手を伸ばして彼を自分の傍らへ引き寄せる。

「三田さんのことですよ。あなたがお帰りになられた後、文句を言ってましたよ」

「あれは当然のことだ、苛めじゃない。仕事の来客がいるのに『お祖父ちゃん』と入って来る歳じゃないだろう」

「気づいていなかったんですよ」

「気づいてないなら、お話中失礼しましたぐらいは言うべきだ」

「そうですけど」

「俺だからまだ怒らずに注意で済ませてるんだぞ。もし怒りっぽい客だったら気分を害して席を立ったかもしれない」

「またそんな…」

「それより、家に戻ってまで他の男の話をするな。俺といる時は俺のことだけ考えてろ」

細い身体に腕を回し、タバコを手にしながらキスをする。

「タバコ臭い男は嫌いか？」

「…いいえ。でも火が危ないですよ」

「では灰皿を取ってくれ」

テーブルの上に置いてあった灰皿を取り、目の前に差し出してくれるから、まだ長い吸いさしをねじ消す。

「これでいいだろう？」

自由になった両手で再び彼を抱き、その膝に頭を乗せる。

「樹さん」

「仕事で疲れてるんだ、少し労ってくれ」

「なにかあったんですか？」

「いや、何もなくたって会社じゃ疲れる」

波間の手が、優しく俺の髪を撫でるから、本格的にソファにごろりと寝転がり、彼のひざ枕《まくら》を堪能《たんのう》する。

「…本当に何もないんですか？」

「今のところはな」

「でも…」

「たまには甘えたい時もある。それとも、俺が甘えるとおかしいか？」

「いいえ。嬉しいです。でも…」

二度目の『でも』の後は続かなかった。

細い指先が髪を梳《す》くように動く。

その指を捕まえて、口元へ運ぶ。

タバコの代わりとばかりに、咥《くわ》えると、指先は恥じらって震えた。

「樹さん。汚いですよ」

「汚くなんかないだろう、お前の指だ」

「外から帰ってきたばかりです」

それを理由に逃げようとするけれど、俺は離さなかった。

「俺は野生児だから、免疫力が高い」

「そういう問題じゃありません」

爪《つめ》の先にキスしてぺろりと舐《な》める。

「これぐらいで我慢してるんだから可愛いもんだろう？」

「…何か、傷付くようなことでもあったんですか？　私には話せないことですか？」

「俺が甘えるのは余程おかしいことのようだな。何でもないと言ってるのに」

傷ついているのとは違う。

だが説明ができない。

理屈ではないのだ。

「そんなに私と…、寝たいんですか？」

少し頬を染めて訊く波間に苦笑する。

「もしそうだと言ったらどうする？　明日も仕事があるんだろう？」

「…入れなければ」

声が細くなる。

「樹さんならいいです」

可愛いものだ。

俺のために譲歩しようとしている。

俺は彼の手を放し、その頬に触れた。

柔らかいうぶ毛が桃のようだ。

「本当にいいのか？　本気にするぞ？」

「私はこういうことでは冗談は言えません」

「そうだったな。お前が許可をくれる時はいつも本気だ」

「はい」

頬に置いた手を首に回し、波間の顔を引き寄せて口付ける。

まだ上手く応えられない彼の口の中に舌を差し込み、甘く、長いキスにする。

このまま軽く素股《すまた》ででも抜いてしまおうか、フェラチオでもさせようかと考えていた時、ふっと怖くなって手を放した。

「…樹さん？」

「もう少しだけ我慢する。焦《じ》らしプレイも悪くない」

そう言って身体を起こす。

「風呂に入って来る。出たら一緒に軽くワインでも飲もう」

「いいんですか？」

「何が？」

「いえ…」

口籠《ご》もる波間の頭を撫で、額にキスを贈った。

「甘えても、行儀良くしても不審がられるなら、いつもの俺は余程酷《ひど》い男なんだな」

「いえ、そうではなくて…」

「お前も着替えてこい」

「はい」

波間から離れ、バスルームに向かいながら、俺は肩口に立った鳥肌を消すように腕を摩《さす》った。

怖かった。

怖くなった。

それは本来喜ぶべきである、彼の方から仕事中でも抱かれてもいいと言い出してくれたことに対してだった。

彼は、優秀なヘルパーとして相手の気持ちやタイミングを読むのが上手い。それがまるでイルカのようだと思ったこともあった。

イルカという動物は、科学的に実証されたわけではないが、人間の感情を読み、癒《いや》し、尽くすものだというから。

流行《はや》りのアニマルセラピーで、心身障害者などがイルカと一緒に海へ入るというものがあるのも知っている。

その時、障害者が左が不自由ならば、イルカはそちら側に付き従い支えてくれるのだそうだ。心を病んでいる者には擦りより、自分は特別に扱われているという感覚を与えてくれるらしい。

波間にも、そういうところがある。

本能のように相手に弱っている部分や欲していることを察し、応えるのだ。

今の波間の態度が、それだったら？ …そう考えてしまった。

俺が傷ついていると察したから、彼は仕事中なのに抱かれてもいいと言ったのだろう。でなければ今までダメだと言っていたのに急に彼の方から言い出すなんておかしい。

傷ついた俺を慰めるために、セックスしようと言い出したのだとしたら…。

いや、もっと辿《たど》って行って、俺が荒《すさ》んでいたから、自分でも気づいていなかったがこんなふうに家族を欲していると察知したから、俺に近づいたのだとしたら…。

彼の気持ちを疑いたくはない。

だが本人が意識していない行動だったら、咎《とが》めることもできない。

「…バカなことを」

バスルームで、服を脱ぎ捨て、バスタブに湯が溜《た》まるのを待たずにシャワーを浴びる。

自分の身体の筋肉に沿って流れてゆく湯が、まるで涙の流れのように見えた。

俺はおかしい。

彼を知って、すっかり弱くなった。

以前は金で片付けていたことを、彼にはできない。

波間に、仕事はもちろん、同情や慰めで身体に触れる事を許してもらっても仕方がないと思っている。

彼との間に愛情が欲しい。

恋だけではなく、どんな愛情も、彼が持つもの全てを自分のものにしたい。

強欲なのか、子供なのか。

そのどちらでもあるのか…。

寂しい者に寄り添うだけで、身体を差し出していたら彼は俺より先に出会った誰かに惚れていただろう。

だが今までは老人が多かったし、若い者でも、自分のように特殊な環境下にいる者がいなかったのだろう。だから俺が初めてなだけなのかも。

いや、一度は俺のためを思って身を引いたこともあった。

あの時、俺は傷ついていた。

ただ慰めるためだけならあんなことはしなかっただろう。

あれは愛されたいという彼の気持ちだ。

彼は俺を愛している。

他の連中と俺への気持ちは別だ。

別のはずだ。

だが…。

ぐるぐるとくだらない事を考えて長湯をしてしまうと、風呂から出た時にまた波間に心配されてしまった。

「本当に大丈夫ですか？」

部屋着に着替えた彼がすぐに歩み寄ってくる。

「大丈夫だ」

その腰に手を回す。

「…春日さんも順調ですし、一日ぐらいなら誰か他の者に代わってもらって、休みを取れると思います。そうしたら…」

「抱かれてくれる、というのか？」

波間の頬が染まる。

これも、俺の態度がおかしいから言い出したことなのだろう？

けれどどこの申し出まで断ることはできなかった。

チャンスがあるのなら抱きたいという欲望はあるし、断ればもっとおかしいと、何かあったのかと勘ぐられるから。

「そうだな。じゃあ、お前が休みが取れたら、どこかでゆっくりしよう」

俺が風呂を使っている間に彼が用意した酒の支度に手を伸ばし、俺は笑った。

「だが今夜は酒で紛らわすことにする」

おかしいことなどない、俺はいつもと同じだ。

傷ついてなどいない。弱ってもいない。だから俺を慰めようとは考えるなという代わりに…。


翌日、仕事の合間に、俺は樹の実家へ向かった。

巷《ちまた》で評判の菓子など持って。

実家、という感覚は本当のところ持ち合わせていない。

それは、実母と暮らしたボロアパートに対して抱くもので、この家は長く住んでいた場所、というだけだ。

思い出したい記憶の一つもなく、懐かしいと思うこともない。

寛《くつろ》げる場所でもない。

それでも、ここを俺の実家と呼ぶしかないのだ。

「あなたが突然来るなんて、何か用でもあるんですか?」

相変わらず、良く言えば凜《りん》とした態度、悪く言えば冷たい態度で義母は俺を迎えた。

「いや、別に。ただの顔見せです」

着物姿で、ソファで帯を潰さぬようにすっと座る彼女は、歳を重ねたといえど気品がある。

「仕事は?」

「順調ですよ。ご心配いただくようなことはありません」

この人の前に来ると、少しほっとした。

彼女の前では弱みを見せたくないという心理が働いて、背筋が伸びるから。

「不躾《ぶしつけ》でなければ、あなたに一つ聞きたいことがあるんですが」

「何でしょう？　不躾かどうかは聞いてみないとわかりませんよ」

「お一人で暮らしていて寂しくはありませんか？　家族を欲しいと思うことはありませんか？」

そう問うと、彼女は鼻に皺を作って笑った。

「それで？　私が寂しかったら一緒に暮らそうとか言い出すのですか？」

「いいえ、それは無理でしょう。この距離があるから、あなたとまあまあ上手くやっていけるのだと思ってますので。ただ純粋な興味です」

タバコが吸いたかったが、ここで一本取り出すと彼女に不良と言われるだろうから我慢した。この歳でも、彼女なら言うだろう。

「好奇の対象になるのは好みません」

「でしょうね」

「ですが、わざわざ菓子折りまで持参して来たのですから、それ以外に何か目的があるのだろうと思ってあげます」

「ありがとうございます」

「寂しくはありませんし、家族も欲しくはありません」

「本当に？　強がっているのではなく？」

「なぜあなたに強がる必要がありますか。私はかつて家族を持ってはいました。夫とあなたがそれです。ですが、決して充足した日々ではありませんでした。その頃に比べれば今の方がずっと気楽でいいものです」

「今まで一度も家族を欲しいと思わなかったわけではないのですか？」

彼女は、肩を竦《すく》めた。

これは義母にしては珍しいジェスチャーだ。

「あなたが家族を作っても、私には関係ありません。よほど出来た嫁であれば、私はその女性と友人にはなるかも知れませんが、それは私とその女性との関係です」

飽くまで個人、か。

「…家族っていうのは、何なんでしょうね」

「家庭を構成する者でしょう」

「他人から見れば、俺とあなたも家族だ。だが実際はそうとは言えないでしょう？」

「物事は一つの面しかないわけではありません。私はある意味ではあなたの家族です。けれど別の一面から見ればそうではないとも言えます。答えを一つしか持てないのは、あなたがまだ若いからですよ」

「俺が？　まだ若い？」

「年を取ると、許容を覚えます。あなたを息子として受け入れるのはそういうことです」

「よくわからないな」

「私にもあなたが何を知りたいのかがわかりません」

「然《しか》り、です。俺自身にもよくわからない」

「『俺』と言うのは止めなさい。ゴロツキのようですよ」

今時そんな考えをしてるのは義母ぐらいだろう。

「家族というものを伝える時、何と言えばいいのか知りたかったのかも。『私』にとって、今生きてる家族というものはあなたしかいないから、ちょっと訊いてみようかと思っただけです」

まあそういうことだ。

「お邪魔をしました。もう戻りますよ、仕事もありますから」

「辞書でもお引きになったらどうです？」

「ですね。建設的なご意見をありがとうございます」

礼を言って立ち上がると、義母は目の前の紅茶のカップに手を伸ばしながら、もう少しだけ付け加えた。

「世間では、血縁関係者や婚姻関係者を家族と総称するようですが、私は、家族とは信頼が築ける者の繋がりだと思いますよ。世間的に見れば私とあなたは家族。けれど私的にはあなたと信頼関係が築けていないので家族ではないと思っています」

「…ありがとうございます。それで言うなら、俺は以前よりあなたと家族のようなものになってると思いますよ。こうして、あなたにものを尋ねようと思うくらいには」

意外なアドバイスに、俺は心から感謝した。

「では、失礼します」

そして長居は無用だとも思った。

彼女とは事務的で儀礼的な付き合いの方がいい。

感情をはさまない方が良好だという関係もあるものだから。

「信頼関係か…」

俺と義母の間には未《いま》だ存在しないものだが、波間と俺の間にはあるように思う。

だから、彼を家族のように感じるのだろうか？

だが、本当に知りたかったことは尋ねることができなかった。

家族になって欲しいと懇願する時は、何と言えばいいのか、は。

あの人が知っているとも思えなかったが…。

「まあ気休めだ」

そして俺は会社に戻った。

ずっと、もやもやとした気持ちを抱いたまま。それを打ち消すことができずに。

「金曜日に休みを取りました」

波間が春日のところへ通うようになって、当初の予定であった二週間が過ぎ去り、もう三週間目も終わろうとしていた。

「一日だけですけれど」

だから彼と一日一緒に過ごすのはほぼ三週間ぶりということだ。

普通はいくらヘルパーといえど、最低一週間に一度ぐらいは休みを貰《もら》えるものだろう。それをせず、ずっとつきっきりになるのが、彼のポリシーなのか。

「では木曜の夜、仕事終わりに迎えに行く」

「春日さんのお宅にいらっしゃるんですか？」

「いや、家人に会うのは面倒だからな、近くに車を停めておく」

本当は、もう春日と通じ合ってるようなお前の姿を見たくはないからなのだが、彼は誤解してくれた。

「そうですね。また三田さんと顔を合わせると、あなたはいじめっ子になりますから」

俺が会いたくないのは、三田の方だと思ってくれた。

「でも路上で待たせるのは…」

「車の中だし、お前が定時に上がってくれれば待つことはないさ。もし引き留められたら、仕事の用事とでも言え。あの坊やはどうだか知らんが、春日は仕事ならば聞き分けるタイプの人間だから」

「嘘はつけません。人と約束があると言います」

「ではそれで」

約束を取り付けると、自分でも思っていた以上に気持ちが軽くなった。

彼が、大切な仕事の合間に自分と会う時間をねじ込んでくれたことで、特別扱いされた気分が満喫できたからだろう。

いつもと同じ日々を繰り返し、その日を待つ。

毎日顔は合わせているというのに感じていたこの飢餓感。

キス一つでは埋まらない欲望。

それがようやく満足させてもらえるのだ。

「ご機嫌ですね」

と今井に言われても。

「ああ、ご機嫌だな」

と肯定するくらいに浮かれていた。

やっと、波間を独占できる。

俺だけでいっぱいにしてやれる、と。


木曜の夜。

夕飯は一緒に取るつもりなので軽く済ませた。

朝、出掛ける前に彼にはそれを言っておいた。

「腹はいっぱいにするなよ。俺と外で食事だから」

波間もそれを聞いて嬉しそうに見えたのは勝手な解釈ではないだろう。

「でも、仕事に行く時は簡単な服装ですから、あまりいいところには入れませんよ」

「俺がそういうことで抜かりがあると思うか？　迎えに行く時、着替えを一式車に積んで行ってやる。どうせ着替えは必要になるだろうから」

「どうしてです？」

「それは夜に意味がわかるさ。とにかく、俺との約束を優先させろよ？」

「はい」

会社でするべきことをし、いつもより早回しで仕事を進める。

幾つかの気になる案件で手間取りはしたが、結果的には定時に全てを終えることができた。

金曜日は休むと既に今井には伝えてあったので、スケジュールはバッチリだ。

「会議は月曜に回しておきましたから、月曜はぎゅうぎゅうですよ」

「構わん。好きにしろ」

会社を出て、一旦《いったん》マンションへ戻る。

波間が自分で用意した着替えの入ったバッグを車に積んで、再び街へ出て、カフェで簡単にメシを腹に入れる。

それから予約していたホテルにチェックインし、彼の着替えを部屋に放り込む。

自分の浮かれ具合がわかる、ロイヤルスイートの部屋。

夕飯はここでルームサービスを頼むつもりだった。外のレストランでもいいのだが、二人きりの時間をなるべく長くしたかったので。

再び車に乗り込み、辺りを流して時間を調整しながら春日邸へ向かう。

春日の家の前の、一番近い街灯の下に車を停めてエンジンを切ったのは九時三分前だった。

「丁度だな」

我ながら完璧《かんぺき》なタイムスケジュールだ。

時間のきっちりとした波間なら、さして待つこともなく出てくるだろう。

俺はポケットからタバコを取り出した。車内では中に臭《にお》いが籠もるからと、車を降り、車体に寄りかかって一服入れる。

ここは路上喫煙禁止地区ではなかったはずだから、まあいいだろう。

「待ち合わせか…」

この感覚も久しぶりだ。

誰かを待ってドキドキするなんて。

やがて時計の針が九時を五分ほど過ぎた時、春日の家の玄関が開いた。屋内の光が長く伸びるからすぐにわかる。

そして波間が速足で飛び出してきた。

あんなに慌てなくてもいいのにと思っている間に彼が目の前へやってくる。

「走ると転ぶぞ」

「すみません」

…すみません？

嫌な予感がした。

「春日さんが熱を出してしまって。もう少し時間がかかりそうなんです」

やっぱり。

「熱って言ったって大したことはないんだろう？」

「年寄りの発熱は看過できません」

「だが俺との約束は？」

「本当にすみません。あともう少しだけ…」

波間は拝むように手を合わせた。

楽しみにしていただけに、気持ちが急速に萎《な》えてゆく。

だが病気の老人を置いて一緒に来いとは言えない。言ったところで来るはずもない。

「…医者は呼んだのか？」

「いえ、大袈裟《おおげさ》にしたくないからと」

「さっさと救急車でも呼べ。近所に知られたくないなら、サイレンを鳴らさずに来てくれと言えばきいてくれるだろう。でなければタクシーでも呼んで掛かり付けの病院へ連れて行け」

そうしてお前は自由になれ。

「でももう少しだけ様子を…」

俺との約束を優先させろと言っただろう。

今日まで我慢して、それがやっと解消されると思っていただけに怒りすら感じた。どうして今日なんだ、と。

そしてお前はやはり俺よりもクライアントを取るのか。

恋愛より、疑似であれ家族愛を優先させるのか。

「じゃあ今はこれで我慢してやる」

苛立ちを抑える代わりにと、波間の腕を摑《つか》んで抱き寄せ、口付ける。

「…ん」

わかるか?

俺はこれだけお前を欲していたんだぞ。

あんなジジイよりも、俺の方がお前を必要としているんだぞというように。

「樹さ…」

波間が抗《あらが》い、唇がずれる。

「こんなところで…」

恥ずかしがるのはわかる。

「どこでだっていい」

路上で男とキスなんて困るだろう。

「でも…」

「でもはもういい。俺に我慢させるなら少しぐらいは譲歩しろ」

俺の我慢は限界だ。

そして約束を反故《ほご》にされたショックも。

「や…、ダメです…」

「拒むな」

逃げようとする身体をもう一度抱き寄せ、唇を重ねようとした時、闇《やみ》に声が響いた。

「何をしている！」

通りすがりの人間に見られたのかと思った。それならば関係ない、あっちへ行ってろと言って追っ払うつもりだった。

だが街灯の光の輪の縁に立っていたのは、三田だった。

「波間くんから手を離せ！」

三田はそう言うと俺にタックルをかましてきた。

「…っ」

「樹さん…！」

勢いに押され、思わず波間から手を離す。

「波間くん、逃げろ」

「友貴さん」

そしてまるで俺から波間を守るかのように、俺達の間に立ち塞がった。

「薬を買いに行くというから一緒に行こうと思って追いかけてよかった。やっぱりこういうヤツだと思ってたんだ。下種《げす》め」

「下種だと…？」

「波間くんを狙っていたんだろう。彼の意思を無視して暴力で何とかしようなんて、最低な男だ。下種以外の何者でもない」

イライラする。

「お前には関係ない」

腹が立つ。

「あるさ」

こんな男にまで邪魔されて。

「関係ない！」

「ある。俺だって波間くんが好きだ。だがお前のように彼の意思を無視してどうこうしようなんて思っていない」

まるで自分が白馬の王子様であるかのような態度。

「…こいつがいるじゃないか」

俺は波間を見た。

「この男がいるんじゃないか」

俺の言葉を三田は取り違えた。

「そうだ、俺がいる。だからお前の入る余地などないぞ」

そして波間も。

「違います！　友貴さんとは別に何でもありません」

そして慌てて俺の方へ駆け寄ろうとし、間に立つ三田に阻まれた。

「近づいちゃいけない。この男は危険だ」

「春日は死ぬほどの状態じゃないんだな？」

三田を無視し、俺は波間に問いただした。

「ただ熱が出ているだけなんだな？」

「…はい」

「じゃあ後は孫に任せておけ。お前の就業時間はもう終わってる。俺と来い」

「貴様、何を！」

「ギャアギャアうるさい！　お前はさっさと春日のところに戻って救急車でも何でも呼べ！　波間、お前は来い！」

「止めろ！」

立ち塞がる三田を押しのけて波間の腕を掴む。

そうはさせじと摑み掛かってくるから、思わず一発殴ってしまった。

「グッ…」

「友貴さん！」

よろけた三田に駆け寄ろうとする腕を取って、引き留める。

「お前に決めさせてやる。そいつを助け起こしてジジイの面倒をみるためにあの家に戻るか、俺と一緒に来るか」

波間は一瞬だけ、三田と俺を見比べた。

「友貴さん」

そして彼に駆け寄った。

…そうか。

やはり怪我をしてる者が、病気をしている者が、より弱い者が優先されるのか。

胸が、引き裂かれるように痛んだ。

もうここにいる必要はないとばかりに、俺は二人に背を向けると車に乗り込もうとした。

「友貴さん、熱が下がらなかったら、救急車を呼んでください。何かあったら春日社長の家に連絡をしてください」

「波間くん…?」

「すみません」

「待て！ そいつと行くのか？」

波間は、俺の腕に縋《すが》り付くように飛び込んできた。

強い力。

震える指。

「行かないで…。捨てないで…」

声も震えている。

「あなたしか選ばないのに…」

ああ…。

「波間くん！」

追いすがってくる三田をブロックし、波間に「車に乗れ」と命じる。

「こいつと行けば、何をされるかわからないぞ！　すぐに車から降りるんだ」

「うるさいと言っただろう」

俺は三田の顎《あご》を摑んだ。

「お前がこいつに惚れようがどうしようが勝手だが、こいつには指一本触れるな」

「何だと…。貴様何のつもりで…」

「これは俺のものだ」

その目を覗き込み、きつく言い置く。

「こいつは俺の恋人だ。お前みたいな薄っぺらい男のものになんかなるものか」

「何を勝手な…」

三田ごときは相手にしていない。

だから俺は余裕の笑みを浮かべた。

「俺は押し込んだわけじゃない。こいつが自分からこの車に乗り込んだんだ。お前が逆恨みであることないこと言い触らそうと、俺はこいつを手放さないし受けて立つぜ」

「き…さま…」

「さっさと帰れ。お前の祖父さんのところへ」

そして自分も車に乗り込むとすぐにエンジンをかけた。

「波間くん、降りろ！　今なら降りられる」

助手席側に回りこみ、まだ説得しようとしている三田に向かって波間が返した言葉を聞いてから、満足して車をスタートさせた。

「…ごめんなさい。本当のことです」

俺のスーツの袖をぎゅっと握る彼の手を感じながら。


チェックインは済ませてあるから、真っすぐにホテルの部屋へ向かった。

車内で話を始めれば止まらなくなることがわかっていたから、移動中は終始無言を貫いた。

波間の方も、同じ気持ちなのか、他に思惑があったのか、口を開くことはなかった。

「降りろ」

ホテルの駐車場に車を停め、先に立って歩く。

光溢れるエントランスを抜け、人々の間を抜け、エレベーターで部屋を用意したフロアへ。

エレベーターを降りたところから絨毯《じゅうたん》が敷き詰められているから、足音もせず、本当に静かな同道だった。

カードキーを使ってドアを開け、「入れ」と命じる。

命令のつもりではないのだが、つい口調がそうなってしまうのだ。

中へ入ると、スイートなのでリビングソファに腰を下ろした。スタンダードやスーペリアルーム程度では、開けた途端に目に飛び込むベッドが目の毒だったので。

「座れ」

波間が離れた椅子に座ろうとするから「そっちじゃないだろ」と自分の隣へ座らせる。

「…怒って、るんですね」

疑問形ではない質問。

「怒ってか…。いや、怒ってはいない」

自分の感情を吟味して、俺は否定した。

「でも、誤解なんです。私は友貴さんの気持ちなんて全然知らなくて…！」

必死に訴えながら、彼は俺に縋り付いた。

「お願いです…別れるなんて言わないで…」

その手に手を重ねてやる。

「言うもんか。むしろこっちから、俺を捨てるなと言いたいぐらいだ」

「そんなことあるわけがないです。本当に友貴さんとは何でもなくて…」

「三田がお前に惚れてるのはとっくにわかっていた。あいつが俺につっかかって来ていたのはそのせいだ。大方、お前が理想的な恋人とでも思ったんだろう」

誤解を、楽しんでいた。

嫉妬されて困った彼を可愛いと思って、そのまま放置していた。

一方で、不安を悟られながら。

自分のことで手一杯で、己が撒《ま》いたタネが、彼の中でどう育つかも考えていなかった。

そのことを悪かったと反省するのなら、俺は自分の正直な気持ちを伝えてやらなければならない。

上手く説明できなかったとしても。

「三田のことは、元々気にはしていなかった。どうせあいつの空回りだろうとわかってたからな。あいつに対して腹を立てたのは、あのお坊ちゃま加減にいらついたのと、お前があいつを下の名前で呼んでたことぐらいだ」

「え…?」

「俺はまだ『樹さん』だからな」

目を合わせ、微笑んでやる。

「俺が不安だったのは…、春日老人に対してだ」

波間は驚いたように目を見開いた。

当然だな。

だがそれが『春日老人との仲を疑われた』と発展する前に言葉を足さないと。

「春日老人、というより、お前の仕事のクライアントに対して、というべきかな」

「クライアント？」

「お前が、仕事の相手に誠心誠意尽くすのはよくわかっている。まるで本当の家族のように接することも。特に老人や寂しい人間には」

別れるつもりなどこれっぽっちもないことを示すために、彼を胸に抱き寄せる。これから話す内容が気恥ずかしいから、視線を合わせないように、かもしれないが。

「お前が…、そういう老人達。まあ今回で言えば春日に、家族のような気持ちを抱くのが怖かった。家族に縁の薄いお前が、そっちに入れ込んでしまったらどうしようかと思った」

「入れ込むって…」

「お前には家族がいない。だから男同士の恋愛に対して咎める者もいなかった。だがもしも、家族のように思った老人に『男同士など止めろ。私が用意した娘さんと結婚しろ』と言われたらどうしようかと思った」

「そんなこと…」

「ないとはわかっていても、お前は優しい人間だから」

「優しくても、他人の命令で恋人を選んだりはしません！」

彼が身体を起こすから、せっかく外した視線が正面から合わせさせられる。

「わかっている。理解はしている。だが…、そんなバカなことを不安に思ってしまうほど、お前が必要だったんだ」

「側に…、いるのに？　不安だったんですか？」

「不安…。そうだな、理由はお前が思っているものと同じかどうかはわからんが、不安だった。お前が恋人より家族を取ったらどうしようと。そしてもう一つ、家族という地位も、他のヤツに取られたくなかった」

俺は、上手く説明できているだろうか？

理解してもらえるだろうか？

「お前にとって、肉体関係を結び、愛情を交わすのは俺だけだとわかっている。お前にはそれ以上のキャパはないし、経験もなかったようだから」

それが身体のことを言っていると気づいて波間の頰がうっすらと染まったが、目は逸《そ》らされることはなかった。

「だが俺は、ただ側にいて思い遣る。そういう相手すら、俺だけにして欲しかった。仕事に出るとお前が言った時は、正直面白くないと思う程度だった。少しばかり気になって、仕事ぶりを覗きに行くつもりで春日邸へ向かった。その時に、まるで本当の祖父と孫のように見交わすお前達に嫉妬したんだ」

言っていながら思わず自分でも苦笑する。

「狭量だな」

「そんなこと…」

「あるさ。だからさっき、お前が俺との約束より春日の身体を気遣うことを優先させたと思ってショックだった。多分…、お前が思うよりかずっと」

今度腕を回し相手を慰めるのは波間の番だった。

細い腕はしなやかに俺の腰に回る。

「全てが欲しい。どんなものであっても、お前の一番を他人に譲りたくない。恋人としての激情も、家族としての穏やかな思い遣りも、何もかもが俺のものでなければ嫌だったんだ」

「樹さん…」

「まあ、俺の告白はこんなものだ。嫌になったか？　こんな心の狭い男は」

「いいえ」

彼はきっぱりとした口調で否定した。

「嬉しいです。本当に」

「波間」

「私は、これからも仕事はすると思いますし、その相手に愛情と誠意は注ぎたいと思っています。それはあなたが一番最初に、働いている私を褒めてくれたからでもあるんです」

彼はもう不安げな顔はしていなかった。

「私は確かに家族との縁が薄かった。だからそれを埋めるために仕事の相手に愛情を注いでいました。これからもそうでしょう。けれど、それは空いた穴を埋めるためのものであって、『今』ではないんです」

「どういうことだ？」

「今私が望むことは、あなたに愛されることです。それは…、欲です。初めて感じた強い欲望です。でも彼等に対するものは奉仕なんです。私からの一方的なもので、見返りなど期待しない。言ってしまえば自己満足なのかも」

そんなことはないだろう。

それでここまでできるわけがない。

「でもあなたには、返して欲しい。仕事の相手なら、去ることを引き止めたりしませんが、あなたには、泣いて、縋って、他のものを捨ててもついて行ってしまう。…失いたくないから」

波間は微笑んで自分から俺にキスをした。

「私が入れなければ抱いてもいいと言った時に断ったのは何故《なぜ》です？」

「お前が、俺の態度がおかしいと気づいて、慰めのために身体を提供しようとしてるのかと思ったからだ」

「私は、残念でした」

「波間」

「この身体であなたが慰められるなら、そうしてもいいです。だって、慰めたいと思う気持ち自体が愛情ですから」

…そうか。

そういう考えもあるのか。

「でも折角勇気を出して言ったのに、いらないと言われて、少し悲しかったです。私の体調を気遣ってくれているのだと思っていても、寂しかった」

「すまなかった」

「謝らないでください。謝るくらいなら…、抱いてください」

口調は平然としているのに、目の前でみるみる彼の顔が赤くなってゆく。

「私だって、ずっとあなたが欲しかったんですから…」

彼の全てが欲しいと思うほど、彼の周囲の人間全てに嫉妬するほど、俺は波間が好きだった。

愛している。

その波間にここまで言われて、『それは食事の後にしよう』と言えるほど、俺は理性的でも禁欲的でもなかった。

「足腰立たないほど、愛してやろう」

抱き寄せて、何度もキスして宣誓する。

「お前の不安も、俺の不安も消し飛ぶほど、愛してやる」

願いでもある言葉をもって…。


初めて彼を抱いてから、もう何度も肌を重ねた。

口先だけの恋人関係だった時から、何度も、何度も。

それでも、俺しか知らない波間は、いつまでたってもものなれない様子で、恥じらいを失わなかった。それが俺をそそるとも知らず。

リビングでキスして、ベッドルームへ抱き上げて運ぶ。

彼は照れたが、抵抗はしなかった。

ベッドだけの部屋は暗く、手が塞がっていて閉められなかったドアから漏れる光に、誰はばかることないダブルベッドが浮かび上がる。

「ツインじゃなかったんですか…？」

「恋人と泊まるのにツインの必要はないだろう」

「でも、男同士だとホテルの人に…」

「気づかれても言い触らされるわけじゃない。第一、俺はもういい。覚悟を決めた」

「覚悟？」

「樹の跡取り息子はホモセクシャルだと言われても、構わない。世間体よりお前だ」

「そんな」

「もっとも、俺は上手く立ち回れる男だから、そんなことは言われないだろうがな」

だがでまかせではなかった。

三田に啖呵《たんか》を切った時、本当に失恋したあのバカが誰かに何かを言ってもかまわない、それよりも波間だと選択したのだ。

「逃げるなよ？　俺のためとか言うなよ？　俺が欲しいのはお前なんだから」

ベッドの上に降ろし、彼の仕事用の簡素な衣服を捲《まく》り上げる。

多少手荒く扱っても、着替えはあるから気にしない。

「お前は、俺が初めて欲しいと思って手に入れたものなんだ」

樹の家名も、樹の家族も、『ワイズマン』という会社も、俺は望まなかった。

ただ一つ、お前だけだ。

お前だけは手放したくなかった。逃げることも許さないし、俺を他と同列に扱うことも許せないと思うほど、独占したかった。

大袈裟ではなく、世界よりお前が欲しかった。

「波間」

一カ月近く触れていなかった柔肌に、胸が鳴る。

「シャワーを…」

恥じらってくねる身体を押さえ付け、全身に口づけ、赤い痕《あと》を残す。

「いい、お前の匂いを嗅《か》ぐ」

「いや…」

「今朝シャワーを浴びてから出たんだろう？　汚いわけじゃない。むしろ、興奮する」

「くだらないことを…っ、ん…」

胸にキスして、乳首を含む。

諦めたように抵抗が止む。

いや諦めたのではないのだろう。

逃げないと分かって股間《こかん》に手を伸ばすと、彼のそこももう硬くなっていた。

数度のキスと、上半身を触られただけで見せた反応は、彼も俺に抱かれたかったという証拠でもあり、抵抗が止んだ理由でもあるのだろう。

「あ…」

自分で脱いでもらった方が楽ではあるのだが、彼はそれができなかった。

いつも、快感と羞恥《しゅうち》で頭がいっぱいになってしまうようだ。

だがこれもまた楽しみの一つだった。

「や…」

ズボンのファスナーを下ろし、前を開き、下着と共に一気に脱がす。

波間が着ていたのは色気のない白い木綿のワイシャツだったが、それ一枚になると色っぽくなる。

一度捲り上げたものを引っ張って元に戻し、ちまちまと下からボタンを外していると、彼は上から同じようにボタンを外した。

「樹さんは…、脱がないんですか？」

「服は鎖だからな」

「鎖？」

「素っ裸になったら、すぐに突っ込みたくなる。ケダモノだから。服を着ていればそういうわけにもいかないだろう？　とは言え、スーツは邪魔だな」

彼のシャツは彼に任せ、自分の上着とネクタイを外して手早く床へ投げると、袖を抜くために身体を起こそうとしていた波間を押し止どめた。

「そいつは着てろ」

「でも…」

「その方が色っぽい。邪魔になったら俺が脱がす」

勃《た》ち上がっている彼のモノを口に含み、しゃぶり倒す。

「ひ…っ、あ…」

いきなりの愛撫《あいぶ》に細い背がしなる。

「や…、ダメ…」

波間の手が俺の肩を掴むが、無視した。

「出してもいいぜ。飲んでやる」

「そんなの…」

だがもう俺の口の中には苦いものが広がっていた。

飲む趣味はないが、それが彼にとって恥ずかしいことだとわかっているから、飲んでみせてやりたいという嗜虐心が沸く。

竿《さお》を握り、先端を食《は》み、根元を揉み。

男として我慢できないであろう愛撫を与え続ける。

「あ…。いや…っ、もう…。、も…っ」

身悶《みもだ》え、甘い声を上げ、耐えようとする姿にまたそそられる。

波間、か。

名前の通り、身体が波を起こしているようだ。

「や…っ」

そう思った瞬間、彼は俺の口の中へ放った。

飲んでやろうと思っていたのだが、慣れないので、口から零れて顔にも少しかかる。

以前、商売の相手にさせた時には、最後に中に残ったものを吸い出すように飲んでもらったと思い出し、放った後の彼のモノを吸い上げる。

「……ひっ」

その途端、波間はビクビクッと痙攣《けいれん》した。

俺は枕元からティッシュを引き抜き、飲みきれなかった分を吐き出して捨て、もう一枚とって顔を拭った。

「気持ちよかったか？」

「……訊かなくてもわかるでしょう」

ちょっと怒ったように聞こえるのは、恥ずかしいからだな。

「だがこれで終わりじゃない」

俺は再び彼の身体に触れた。

一度イかせたから、これで愛撫してる最中に射精されてストップされることはないだろうと、丁寧に全身を撫で回す。

この時間だけは、不安はなかった。

波間がこんな姿を見せるのも、こんな声を聞かせるのも、俺しかいない。

この身体の全てに触れていいのは自分だけだという自負があるから。

「足を開け」

無言のまま言う通りにする彼の、その足の間に入る。

「あ」

太ももの下から手を差し込み、両手で抱え上げ、腰を浮かせる。

まるで工事現場の猫車みたいだな、と思った。

「や…」

目の前に彼の性器が、恥じらうように頭をもたげている。

だが俺の唇が触れたのは、そこではなかった。

「や…、そんな…」

その更に下。

俺を飲み込ませる場所を舌で濡《ぬ》らす。

「樹さん…っ！」

腰ごとガッチリとホールドし、逃れられないようにしてから、強く吸い上げ、舌で襞《ひだ》を数えるように舐める。

「や…」

いきなり後ろでは感じないかもしれないが、既に射精し、身体がセックスを予期している上、また感じ始めたところだったから、波間は感じていた。

舌で濡らす場所がヒクついて、それを俺に知らせる。

「や…」

十分にそこを濡らしてやってから、俺は顔を離し、彼の腰を下ろした。

身体をよじって乱れた波間の姿。

いつもの清純な彼の豹変《ひょうへん》ぶりにゾクリとする。

もう、鎖など付けている必要はないだろう。

俺の方も我慢の限界だ。

ワイシャツは面倒臭いので脱がなかった。

ボタンを外す時間すら、もったいなかった。

ズボンの前を開けると、自分でイチモツを引っ張り出す必要もなくそそり立つ。

それを押さえ込むようにして、波間に触れさせた。

「あ…」

ピクン、と彼が震える。

「怖いか？」

「…いいえ」

「じゃあ欲しかったか？」

意地悪で訊くと、彼は困ったように目を瞬《まばた》かせてから頷いた。

「あなたが思うより…、私だってあなたが欲しいんです…」

押し当て、身体を進め、肉を開く。

「あ…」

のけぞる喉笛《のどぶえ》に嚙《か》み付いてやりたかったが、まだそれに遠い。

「波間…」

グッと、さらに力をかけると、肉は俺を迎え入れた。

だが全てが簡単に入るわけではない。

入れて、抜いて、入れて…。

完全に抜けてしまわない加減を調整しながら、身体を揺らす。

「あ…、あ…っ」

今や完全に形を取り戻した波間のモノを握り、愛撫しつつも、イッてしまわないようにコントロールする。

先漏れが溢れれば握り、萎えかければこすりというように。

キツイ肉が俺を包んだまま蠢《うごめ》き、彼の呼吸に合わせて収縮する。

それも刺激ではあるが、目の前で乱れてゆく波間の姿自体が、視覚的に俺を煽り続けた。

もっと。

もっとだ。

誰かに優しくしても、こんな姿を見せないだろう?

誰かに誠意は見せても、欲情はしないのだろう？

だったら、これが俺のものだ。

この瞬間は、お前の全てが俺のものなのだ。

その実感に酔わせてくれ。

イかせないまま彼を突き上げ、自分もイかないようにしてゆるゆると嬲《なぶ》る。

「だめ…。もう…」

「まだ、だ」

「お願い…、もう頭が…へんに…」

「俺のことだけ考えてろ」

「樹さん…」

「そうだ」

「もう…」

だらしなく開いた彼の唇が乾いている。

指はシーツを掻《か》き毟《むし》り、自分の足を引っ掻き、俺の腕を捉えた。

「お願い…」

甘い声に、俺の方が我慢できなくなった。

「波間」

彼を楽しませるためでなく、自分のフィニッシュのために体勢を変える。

前のめりになり、腰を安定させる。

もうすっかり咥えられた俺のモノは、手を離しても離れることはなかった。

「あ…っ！」

今度は自分の身体を支え、何度も何度も突き上げる。

その振動でも離れないようにと彼が俺にしがみつく。

「あ、あ、あ…」

身体は近づき、上下する彼の喉に顔が届きそうだから、舌でぺろりと舐め上げた。

「あ……っ！」

その途端、ぎゅっと締め付けられ、波間が堪え切れずに露を零した。

「悦司さ…ん…っ」

二度目の射精。

そして俺を道連れにした。

「悦司さ…」

俺の嫉妬を覚えていたのか、俺を下の名前で呼ぶから。

絶頂の中で、俺を求める視線がこちらを捉えたから。

「光希」

お互いに、お互いを愛しいという気持ちが重なって…。


一度では済まなかった。

二度も、三度も彼を抱いた。

宣言通り、不安など感じないくらい互いで互いを求め合い、与え合った。

こんなに濃いセックスをしたのはこれが初めてだろう。

波間は立ち上がることもできず、そのまま寝入ってしまった。

風呂にいれるのも可哀想で、そのまま身体だけ綺麗に拭ってゲストルームの方のベッドへ運んでやった。

自分は軽くシャワーで身体を流したが、明るいところで見ると、腕には引っ掻き傷がいっぱい残っていた。

イルカどころか山猫だったな。

だがこの傷の一つ一つが愛しい。

だが微笑ましさを堪能したのはそこまでで、俺もすぐに彼の隣で眠りに落ちた。

さっきまでの激しさとは違い、今度は慈しむ心で、そっと抱き寄せ。

静と動。

気持ちには二種類のものがあり、その両方を満足させられる者は少ないだろう。

だが俺は手に入れた。

静かな愛情も、激しい恋情も。波間一人で十分だ。

彼は、ずっと、俺に寄り添ってくれるだろう。

そして俺は、ずっと、彼を捕まえておけるだろう。

そう思いながら、目を閉じた。

波間の、安らかな寝息を聞きながら。


翌日、目が覚めて俺が一番にしたことは、波間の携帯電話を探すことだった。

そしてそのアドレス帳から三田のメールアドレスを捜しだし、一通のメールを打った。

『昨日のやりとりが、私が仕事用にポケットに入れていたボイスレコーダーに記録されていた。君が私にタックルしてきた時にスイッチが入ったのだろう。お互いのために、あのやりとりはなかったことにした方がいいだろうから、お互い全てを忘れよう』と。

もちろん、そんなものは持ち歩いていない。

だがこれで、万が一あの男が周囲に何か漏らそうとしても、お前が波間を好きだと告白したことを公表するぞという脅しになる。

俺ほどの人間なら、仕事用にボイスレコーダーを持ち歩いている可能性がゼロとは言えないし、あいうものが何かの拍子でスイッチが入る可能性はある。

ましてや、確かめようにも、確かめることなどできないのだから。

次にすることは、波間を起こすことだった。

「光希」

と呼ぶと、眠そうに目を擦《こす》る。

「光希」

もう一度呼ぶと、彼は真っ赤になってガバッと起き上がり、またへろへろとベッドに沈んだ。

「波間、でいいです。それは心臓に悪い」

「そうか？」

「慣れません…」

「じゃ、徐々に慣らすことにしよう。で、朝食のメニューを選んだら。風呂を使ってこい。そうしたらサービスの時にホテルの人間と顔を合わせなくて済むぞ」

「はい」

三番目にするのは、彼と朝食を共にすることだ。

そして最後に、一番したかったことを彼に伝える。

「朝食が終わったら、一緒に買い物に行くぞ」

「買い物、ですか？」

「そうだ。お前の虫よけのためにも、揃いの指輪を買ってやる。結婚指輪なんて意味はないが、たまには目に見えるものがあった方が、不安は感じないからな。俺も、お前も」

恋愛下手なのは、彼だけではない。

むしろ自分の方だとわかったから、俺は彼に形を贈る決意をした。

「嫌でもはめさせるからな」

今日初めてのキスをして。

「……喜んで」

今日初めてのキスをされて…。

あとがき

皆様、初めまして、もしくはお久し振りでございます、火崎勇《ひざきゆう》です。

この度は「青いイルカ」をお手に取っていただき、ありがとうございます。

そしてイラストの神成《かんなり》ネオ様、素敵なイラスト、ありがとうございます。担当のO様、色々ありがとうございました。


さて、今回のお話、如何でしたでしょうか？

私事ではありますが、身近でヘルパーさんとお会いする機会が多かったので、いつか書いてみたいなぁと思っていたのです。

ですが、ヘルパーさんを雇う、つまり介護を受ける状態というのはなかなか話にするには難しく、誤解を招く可能性もあるので、波間《はま》はハウスキーパー兼ヘルパーということにし、樹《いつき》も怪我という形にさせていただきました。

そして作中に出ている青ヒゲのお話は、童話と戯曲があり。細かく言うとハッピーエンドの話ではないので、メインのとこだけちょっと聞かされた程度と思ってください。

というわけで、お話の方です。

ここからはネタバレもありますので、気になる方は後回しにしてくださいね。

波間、金持ちですねぇ。幾ら持ってるのかわからないのですが、結構持ってます。

終末治療を受けてる身寄りのないお年寄りにとって、従順で優しく、真摯に尽くしてくれる波間は、夢のような自分の子供であり孫だったのでしょう。だから、その夢に持てる財産を全て譲ってしまう。

でもそれが彼にとって辛かった。

みんな自分が好きなのじゃなく、好きな人を自分に重ねてるだけだから。もし、自分に子や孫がいたら、きっと自分には目も止めなかっただろう、と。

だから、最初から仕事は仕事、波間と誰かを重ねることもしなかった樹に心惹かれたのです。例え彼が真剣に自分を好きだと思ってなかったとしても。

でも樹は、まんまベタ惚れになってしまったわけです。

そうなると、今度は独占欲が湧いてくる。

樹は真剣な恋愛は初恋なんじゃないかな？　なので、これからは樹の方が振り回されるのではないかと思います。

今回のライバルは春日《かすが》ですが、まあこれは恋愛とは関係ないので、本来ならば三田《みた》ですよね。

でも三田と自分を比べると絶対自分が勝ってると思ったので、問題にもしませんでした。

では、自分も負けるかも、という相手が出てきたらどうするのか？

これは大変かも。

相手もちょっと影があって世話がやきたくなるタイプで、しかも金持ちで性格が強く、波間のいいところがわかってる。

でも身を引いたりはしませんよ。戦います。だって、樹にとって波間は世界でただ一人「生きて行くのに必要な相手」なのですから。全てを捨ててもいい…、とか可愛げのあることを考えつつ、どんな手を使っても相手を叩きのめす。

それで、相手が弱った時に今井《いまい》が相手に塩なんか送って「相手が悪かったんですよ」なんて微笑んだりするものだから、相手が今井に乗り換えたりして。樹も、今井ならまあいいかとか思って、それなら協力してやってもいいとか言ったりして。

…あれ？　今井の災難ものになってしまった。

一方、樹狙いの相手が出てきたらどうするか？　相手がいい人で、女性だったりすると身を引いたりしそうですが、やっぱり樹が追っかけてきて手放さなさそう。

でも波間が絶対渡したくないと思うような相手だったら…。樹の金目当ての女とか、樹を失脚させようとする男とか。その時には闘う波間が見られるかも。そしてそんなことになったら途中で気付いても樹は黙ってみていそう…。

さて、それではそろそろ時間となりました。またどこかでお会いできるのを楽しみに…。